新潮文庫

なりそこない王子

星新一著

新潮社版

3538

目次

挿絵　和田　誠

なりそこない王子

死体ばんざい

1

ほとんど車の絶えた夜の道路を、一台の霊柩車が走っていた。都会からはなれた、人家のまばらな地方。眺めて楽しくなる光景とはいえない。

時たま、すれちがう車も、そのとたん急にスピードをあげて、逃げるように走り去る。まあ当然のことといえよう。前方の暗さのなかから現れた車を、すれちがう時になにげなく見ると、霊柩車なのだ。それ一台だけで、あとにしたがう車もない。つめたい鞭で背中をたたかれたような気分になり、速度違反など、気にしてはいられなくなるからだ。

さらに、ごくたまに、深夜便のトラックが追い抜いてゆく。トラックの助手席の者が霊柩車にむかい、なんともいいようのない表情で声をかけ、指さしたりする。そして、もちろんスピードをあげるのだ。少しでも早く、それから遠ざかりたいといった感じで。

「なんだい、いまのやつの身ぶりは。まるで、こっちが幻の車かなんかのような顔つきだったぜ。なにか、わけのわからんことを叫んでもいた。しかし、むりもないことかもしれんな」

運転している男が、となりの席の男に言った。ふたりともまだ若い。

「おれたちだって、あんまりいい気分ではない。商売とはいえ、深夜の道路に霊柩車を走らせ、都会まで行くという仕事は、はじめてだ。ひどい仕事を、押しつけられてしまったな」

こんなはめになった原因は、こうだった。都会からの旅行者が、地方都市で急死した。葬儀は都会の自宅でやらねばならず、そのためには死体を帰宅させなければならない。普通ならこんな場合、遺族がつきそっているべきだろう。だが、その遺族は、一足さきに帰って葬儀の準備をしなければならないと、お棺を運ぶのを霊柩車にまかせて、いそがしげにさきに行ってしまった。ドライでビジネスライクな世の中になったせいだろうか。

「いつだったか、テレビで見た怪奇映画に、こんなシーンがあったぜ。嵐になり雷鳴がとどろき、そのなかを馬車で走っていると、うしろにつんであった死体がむっくり起きあがり、抱きついてくる……」

「よせ。よけいなことを言うなよ。それでなくても、いやな気分なんだ。ねむけを追い払うために、わざとそんな話をしているのか。それだったら、運転をかわってやるぜ」

「いや、運転していたほうが、気がまぎれていい。追い抜いて行くやつらの、妙な顔を眺めるのも、ちょっとした楽しさだ。しかし、さっきから気になってならないことが、ひとつだけある」

「なんだ」

「うしろを、のぞいてみてくれないか。なにか、変な音がしているようなんだ。えたいのしれない音なんだ」

「まさか、このお荷物のなかみが、動きはじめたとでも……」

ひとりがふるえ声を出したが、運転席の男は強い口調で言った。

「たしかに、音がしているんだ。びくびくしていないで、早くたしかめてくれよ。事故でも起ったら、死者が合計三人になってしまうぞ」

「ああ、わかったよ」

おそるおそるふりかえり、後部との境の窓ごしにのぞきこんだ男の顔は、ふいにこわばった。目は焦点を失い、大きく見開かれたまま。声もすぐには出ない。彼は運転席の男に、手まねでブレーキをかけるよう伝えた。

「おい、どうしたんだ。口をぱくぱくやったりして……」

「た、大変なことになった」

「そうさわぐな。おれを驚かそうとしたって、その手にはのらない。つんであるのは、確実に死体なんだ。それ以外の、なにものでもない。殺人鬼や強盗じゃないんだ。落ち着け」

「それどころじゃない。見てくれ。ないんだ。なくなっちゃったんだ」

「なんだと……」

やっと、二人の驚きは一致した。車をとめ、うしろをのぞきこむ。なんにもなかった。棺（ひつぎ）が見あたらない。もちろん、死体だけが残っているわけもない。よく調べると、後部のドアが開きっぱなしになっていた。

「ははあ、これが原因なのだな。坂道をあがる時か、急いで発車させた時にお棺がずれて、おっこちてしまったにちがいない。変な物音がしていたのは、この後部ドアが、ばたばた開閉していた音だ」

「そういえば、追い越して行くトラックの連中が変な身ぶりをしていたのは、これを教えて注意してくれたのだろう。ドアが開いたままだぜってね。しかし、深夜の霊柩車となると、わざわざ停車してまでは教えてくれない。形容しがたい妙な顔で叫ぶぐらいが、せい一杯だったのだろうな」

二人は顔をみあわせた。事態の重大さが、じわじわとわきあがってくる。

「えらいことになってしまった。このままだと、むこうに着いて、言い訳のしようがない。不可抗力の事情もない。不注意でおっことしましたでは、すまないからな。これが普通の品物なら、なんとでもなる。積荷保険によって、弁償もできる。だが、死体には保険がついていないんだ。死体保険の制度も、作るべきだなあ」

「ああ、どうしたらいいんだろう。まったく、首でもくくりたくなったよ」

「うむ、いい考えかもしれないぞ、それは。現物賠償だ。どうだ、その気になったついでに、かわりに死んで、車のなかに横たわってくれないか。相手に対して、おれも弁解しやすくなる。ご不満でしょうが、これでごかんべん下さいと」

「つまらん冗談は、よしてくれ。こんなことになって、おれたちの責任は、どういうことになるのだろう。おれたちは、警察につかまるのだろうか。いや、これは事故なんだから、犯罪にはならないだろうな。しかし、損害をどうしてくれるかとの問題には、なるにちがいないぞ。いったい、死体の賠償金の相場って、いくらぐらいなんだろう。知っているか」

「聞いたこともない。しかし、ここでなげいていても、なんの解決にもならない。やるだけのことは、やろう。いまの道を戻って、さがすのだ。見つかるかもしれない。すでにだれかに拾われてなければの話だが……」

「もし拾われて交番へ届けられていても、すぐには渡してくれないかもしれないぜ。これが落した死体だと、どうやって証明しますなんて聞かれたりしてね。時間がかかる。都会では葬儀の準備がととのっていて、弔問者があらわれはじめたというのに、かんじんの主役がまだ来ませんじゃあ、ことだよ。また、拾い主が謝礼を要求してもめたりしたら、どうしたらいいんだ」

「からだの一部分、一割ほどを切って渡せばいいさ。悲観的な想像ばかりするな。なによりもまず、現物をさがすことだ。元気を出せ、きっとあるさ。あんなもの、犬だって食いはしないさ。道を戻ろう。こんどは、おまえ運転をしてくれ」

霊柩車は方向を変え、道をひきかえした。気はあせるが、スピードをあげて見落しをしたら、もともこもない。ゆっくりと進む。だれかが見たら、ぞっとするにちがいない。夜の道をなにかを求めながら、一台だけふらつくように走る霊柩車。手まねきをしたら寄ってきそうな、走り方なのだ。

「それらしきものは、落ちてないか」

「なんにもない。ネコの死体さえないぞ。どのへんで落ちやがったんだろう。死者をさがすのは、やっかいなものだな。いくら叫んでみても、答えてはくれないからな」

しかし、そのうち、ひとりが声をあげた。

「あ、道ばたに、なにかあるぞ。もう少し先の右側だ。車からおりて調べてみよう」

ヘッドライトでそのあたりを照らすように駐車し、ふたりはおりた。死人でありますようにと祈りながら近づき、のぞきこむ。そして、うれしさの声をあげて飛びはねる。

「あった。ばんざいだ。こんなところにころがっていやがった。はらはらさせやがったな。手数をかけるやつだぜ」

「このあたりは別荘分譲地として、最近よく広告されているところだ。別荘生活をしてみたいとの思いが残って、こいつ、ここで飛びおりたのだろうか」

「それはそうと、そのへんに棺はおっこっていないか」

道の前後をみまわしたが、棺はなかった。べつべつに落ちたのか、それとも、落ちた衝撃でこわれて飛び散ったのかだろう。夜のため、入念にさがすのは不可能だった。

しかし、それは、まあどうでもいい。問題は中身なのだ。外側はさほど重要でない。

都会に入れば、棺を買うこともできる。

「よく車にひかれず、無事でいてくれたな。運のいいやつだよ、こいつは。悪運が強い。もしかしたら生前は、殺しても死なないようなやつだったのかもしれん」

「いずれにせよ、こんなおめでたいことはない。さあ、むだ口をたたいてないで、車につもう。今度はよくドアをしめるんだぞ」

二人はかかえあげて、つみこむ。月光をあび目をとじている青白い顔。ぐにゃりとした重い感じは、いいものではなかった。しかし、彼らはほっとしており、そんなことを気にするどころではなかった。軽く口笛を吹きたくなるような心境。

車はふたたびむきを変え、目的地めざして走りつづける。しばらく前とはうって変った陽気なムード。車までが踊っているようだ。追い抜く車にむかっては「楽しくやろうぜ」と声をかけ、手を振り、クラクションにリズムをつけて鳴らす。妙な顔で逃げるのを見て、二人は大笑い。

「祝杯をあげたいところだな。うしろのお客さんもたたき起し、どんちゃんさわぎをやらかしたい。まったく、一時はどうなることかと、生きた心地じゃなかったよ」

「運転中だから酒を飲むわけにはいかないが、どこかでひと休みして、コーヒーでも飲むか。もう少し先に、深夜営業のドライブインがあった。さっき、ネオンが出ていたよ」

「そうしよう。とんだことで、時間をむだにしてしまった。本社に電話番号を問いあわせ、届け先の家に電話連絡をしておこう。到着がおそいので、途中で不幸な事態が起ったのではと、心配しているといけない。ちょっとおくれますが、確実におとどけできますと伝えておこう」

「そのほうが親切というものだな。しかし、この車をドライブインの駐車場にのりこませては、みながいやな顔をするだろう。塩やコショウをまかれるかもしれない。そばの横道かなんかの、目立たないところへとめたほうがいいぞ」

二人はそうした。通りすぎて速度を落すと、ちょうどいい横道があった。歩いて少し戻り、ドライブインに入った。軽い食事をし、コーヒーを飲む。時どき顔をみあわせ、ほっとした笑いをうかべる。生きているしあわせ。この安心感は、彼ら以外の者にはわからないものだろう。

「空腹もおさまり、コーヒーでねむけも消えた。では、出発前に電話をしておくか」

ひとりが立って、カウンターのはじの電話のところへ行った。だが、やがて変な顔をしてテーブルに戻ってきた。

「わけがわからん」

「電話がかからなかったのか」

「かかることはかかったよ。まず事務所の夜勤に電話をしてみたんだ。そうしたら、さんざん怒られてしまったよ。おまえたちみたいに、そそっかしい連中はないってね」

「なんのことなんだ。おれたち、深謀遠慮タイプの人間とも思っていないが、怒られるほど軽率でもないはずだ」

「驚くなよ。おれたちは、よろしくお願いしますと頭を下げられ、てっきりつみ込んだものと思って出発した。しかし、その時は、まだつみ込んでなかったらしいんだな。つまり、つみ残しさ。だから、あわてて二台目の霊柩車を用意し、出発させたという。早く帰ってこいとさ。車の後部のドアがしまっていなかったのは、そのためだったらしい。はじめから、なんにもつんでなかったのだよ。やきもきしながらさがしまわったのは、とんだお笑いさ」

「とすると……」

事情がわかり、もうひとりはうめいた。途中で落したのではなかったのだ。ばかばかしい思いちがい。しかし、笑うわけにはいかない。

「……それなら、いま車につんであるのは、なんなのだ」

「知るものか」

とんでもないものを、拾ってしまった。拾得物横領になってしまう。どこかへそっと捨ててしまうほうが、賢明なのだろうか。しかし、そんなことをして発覚したら、犯罪になるのかもしれない。へたをしたら、おまえたちが車ではね殺し、犯行をかくそうとして運んだのだろうとも言われかねない。

言語道断の死体だ。なんで、あんなところに、ころがっていやがったのだ。おかげで大迷惑だ。殺してやりたいほどだ。さっきはあんなに欲しがっていた死体なのだが、いまや、とんだお荷物。

いままでの安心感と幸福感はどこかに消え、ふたりは、口をきわめて文句を言った。警察で、あれこれ調べられることになるのだろう。容疑をかけられ、誘導尋問でじわじわしめあげられるにちがいない。それを考えると、うんざりだった。しかし、ほかにどうしようもない。警察に届ける以外にないようだ。善良な市民の義務でもある。彼らは覚悟をきめ、警察に電話をした。

「じつは、道ばたで死体を拾いました。拾うつもりはなかったんですが、まちがって拾ってしまったんです。いま、ドライブインまで運んできてしまったのですが、これからどうしましょう」

電話のむこうの警察官はとまどった口調。

「あなたはどなたです」

「申しおくれましたが、霊柩車の運転をやっている者です。われわれが事故を起したのではありませんよ。霊柩車が人をひいたなんて話は、ないでしょう」

「そのような申し出は、はじめてだ。本当なんでしょうね。考えられないことだ。たしかですね。からかうための出まかせだったら、ただではすみませんよ」

信用してくれないのなら、勝手にしまつしてしまいますよとも言えない。二人はかわるがわる電話に出て、事実であることを力説した。

これが事実でなければ、どんなにありがたいだろう。死体を運ぶのは商売でなれてはいるが、無賃乗車をされたのは、はじめてだ。この乗り逃げ野郎を警察に引渡しても、金を取り立ててはくれまい。それどころか、ちょうどいい、ついでにどこそこへ運んでくれと、使われるのがせきの山だ。あげくのはて帰れば帰ったで、経営者からさんざん油をしぼられるにきまっている。疫病神(やくびょうがみ)をしょいこんだようなものだ。

二人はドライブインで、パトカーの来るのを待った。そのあいだに、彼らの頭を占めていた思いはただひとつ。さっきつみこんだのが夢であったらどんなにいいだろう。ドアをあけてみたら、煙のように消えている。そうなっていたら、いいんだがな。勝手きわまる期待。しかし、念力で消せるものならと、祈りたくもなるのだった。

2

霊柩車の二人が入ってくる少し前、このドライブインにひとりの客がいた。二十五歳ぐらいの青年。スポーティな服装。ゴルフのバッグを持っていた。

しかし、スポーティな服装だからといって、健全な精神の持ち主とは限らない。彼はある犯罪組織に属していた。そして、その下っぱだった。なぜ下っぱかというと、性格的に意志が弱く、なにをやらしても、へまばかりしているからだった。

青年は、こんなことをしていてはいつまでもうだつがあがらないと、自分でも気がついていた。まともな仕事、つまり意志が弱くても年功序列でなんとかやっていける世界のほうに移りたいと、考えていた。

しかし、こういう組織からは、おいそれと足が洗えないことになっている。本当は組織の上層部としても、こんな青年は、お払い箱にしてしまいたいところだ。だが、はいさようならですむとなっては、ほかの者へのしめしがつかない。いままで食わせてやったのが、むだにもなる。なんとか活用しなければならない。そこでこういう命令を与えた。

「おまえは足を洗いたいと言っていたな。希望どおりにしてやろう。しかし、最後に一仕事だけ、やってもらいたい。それがすめば、おまえは自由だ。まとまった退職金もやる」

「ありがとうございます。なんでもやりますとも、いままでのご恩がえしです。命じて下さい」

「いいか、ここに写真がある。この人物を消してもらいたい。わが組織の裏切り者。生かしておくわけには、いかないのだ」

「え、殺人ですか。そんなことは、ぼくにはとても……」

「むずかしいことはなにもない。おまえのようなまぬけにも、できることだ。銃に弾丸をこめ、狙(ねら)って引金をひけばいいのだ。おまえの好きな、射的とおなじことだ」

「しかし、動く的となると……」

「動くかもしれないが、射的の的より大きいぞ。写真の裏に、別荘地への道が書いてある。やつは、その一帯のどこかに、名を変えてかくれているという。さがしだし、散歩にでも外出した時をみはからって、しまつしてくれ。武器はいろいろある。このゴルフバッグを持って行け。銃も入っているし、拳銃(けんじゅう)もある。ナイフもあるし、毒薬のカプセルもある。もちろんゴルフのクラブも入っている。殺人用具ひとそろいだ。

好きなのを使って、やってくれ。大事なのは結果であって、経過ではない」

「しかし……」

「いやならいいんだよ。だが、そうなると、おまえはただではすまぬ。覚悟するんだな。しかし、成功すれば金銭と自由が、おまえのものとなる。組織としても、おまえが内部の秘密を口外する点を心配しなくてもよくなる。口外すれば、自分の殺人をも告白することになるんだからな。さあ、どうする」

「わかりました、やりますよ」

というわけで、青年は引受けたのだ。そして、車を運転し、この別荘地までは来た。さがしまわり、目標の人物は、つきとめることもできた。しかし、どうしても決行できない。映画などでは、いとも簡単に片づけられていることだが、いざ当事者となると、気が進まないのだ。

個人的にうらみ重なる相手なら、やってやれないことではないだろう。だが、そうではないのだ。ためらっている一方、約束の期限が迫ってくる。青年は、ぎりぎりのところへ追い込まれた。

そのあげく、せっぱつまって、ついに一案を思いついた。さほど名案でもなかったが、ほかにアイデアもなかったのだ。彼はこのドライブインから、組織に電話をかけて報告した。

「命令された件ですが、なんとかやりとげました。これから帰ります。すぐに身をかくしたほうが、いいでしょう。資金を用意しておいて下さい」

つまり、殺したということにしようというのだ。金を受取り、どこかへ行ってしまう。あとは、なんとかなるだろう。だめでしたと帰ったのでは、こっちが消されてしまうし、金にもならない。

「そうか、よくやった。しかし、本当にやったのだろうな。普通だと、もっとうわずった声を出すはずだが。どうやってしまつしたんだ」

そう質問され、青年は話をでっちあげた。

「夕方の散歩に出たあとをつけて、消音器つきの拳銃でうったんですよ。それから犯行がばれにくいように、石で顔をめちゃめちゃにつぶし、林のなかに穴を掘って埋めました。永久に発覚しないでしょう」

「なんだと、すごいことをやってのけたな。そんなすさまじいことができるとは、意外だった。悪に強きは善にもとかいうが、まともな仕事に移っても、おまえは出世するだろう。しかし、どうも信じられんな……」

「本当ですよ、信じて下さい」

「よし、それなら、殺したという証拠を持ってこい。殺人証拠としては、新聞にのった死亡記事が一番いいんだが、林に埋めてしまったのでは、それも期待できない。といって、なんにもなしでは、こっちでも金を支出する事務処理に困るのだ。すまんが掘り出して、持ってきてくれ。なにも全部でなくていい。手でも足でもいいから、ちょんぎって持ってきてくれ。つぶした首はぞっとしないな。要するに、人を殺したという証拠がいるんだよ。それと引きかえに、金を渡す。どうだね」

「いいですとも。そうしましょう」

青年は、そう言って電話を切った。しかし、いいですともと答えはしたが、そんなものは、どこにもありはしないのだ。肉屋へ行ったって、こういうたぐいの肉は売っていない。医学模型の店で買ったのでは、すぐばれてしまう。自分の手をちょんぎってでも渡したいところだが、これまた一目瞭然（りょうぜん）だ。他人に手を売ってくれとたのむこともできない。組織の上層部はこういうことになれていて、簡単にはごまかせないようになっている。

青年は首をうなだれ、ドライブインを出て駐車しておいた車に乗った。どこへ行ったものだろう。この車で遠くへ逃げるか。しかし、ほとんど金を持っていないのだ。逃げたあとの計画が、まるでたたない。

ああ、死体がほしいなあ。死体であれば、なんでもいいのだ。手か足をもらうだけで、いいんだ。ハンドルにもたれて青年が祈った時、目の前にすばらしいものが見えた。

ゆっくり走っている霊柩車。あれなんだよ、あのなかにあるものなんだ、おれのほしくてたまらないものは。少しでいいからわけて下さいと、たのんでみるか。まあ、だめだろうな。事情をくわしく説明し、それで人間ひとりの命が助かるんだといえば、話にのってくれるかもしれない。だが、組織の秘密をばらすことになってしまう。

拳銃でおどかし、強奪するか。しかし、抵抗されたらどうしよう。引金をひき、殺してしまうことになるかもしれない。むだなことだ。死体は、ひとつあればいいんだから。

あきらめきれず、青年は車を動かして霊柩車のあとをつけた。止ってくれ、と心の底から祈る。すると、それに応じるかのように、霊柩車はすぐ横道に入って停車した。二人がおりてくる。物かげからようすをうかがっていると、彼らはドライブインのほうへ歩いてゆくではないか。

なんという幸運。神があわれんでくれたのだろう。この機会をのがしたら、おれは一生、後悔しつづけなければならない。いや、だいいち、その一生なるものが、あるかどうかもわからなくなるのだ。決意。彼はしのびよって、後のドアをあける。

　青年はちょっと驚いた。死体があることは予想していたが、棺（ひつぎ）にも入っていず、そこにごろんところがしてあったのだ。なんということだ。ほとんどの交通機関が人間を物品あつかいする時代とはいえ、ついに霊柩車まで、そうなってしまったのか。

　しかし、いまはそんな点など、どうでもいい。死体をいただくことが、先決だ。青年はそこで切断にかかろうとした。だが、時間がかかって彼らが戻ってきたら大変だ。いいわけのしようがない。つかまって警察に渡されたら、なにもかも破滅だ。

　青年は、いちおう自分の車に移すことにした。後部のトランクをあけ、そこに押しこむ。重くぐったりした、はじめての感触。しかし、悲鳴をあげたりしている場合ではない。彼はふたをして、霊柩車のドアをもと通りにしめ、急いで車をスタートさせた。

　ほっと息をつく。悩みが消えてゆくこころよさ。これでいいのだ。どこかで手か足をちょんぎり、土中から掘り出したように泥まみれにする。残りの部分は、どこかにほうり出しておけばいいだろう。それで万事解決。あとは自由なんだ。

　前方からサイレンを鳴らしながらパトカーが走ってきた。すれちがって遠ざかってゆく。青年はびくりとした。まさかとは思うが、しばらくようすを見たほうがいい。

彼は車を少し進め、横道に入り、車を止めた。

これまでの緊張がゆるみ、眠くなってきた。ちょっとだけ眠ろう。作業はそれからでいい。

3

ある別荘のなかで、男と女とが話しあっていた。山小屋風の、しゃれたつくりの建物。夜の静かさのなかで、酒を飲みながら話しあっている。

なごやかな光景。しかし、現実にかわされている会話の内容は、決しておだやかなものではなかった。また、この男と女は夫婦でもないのだ。将来そうなることはあるかもしれないし、二人ともそう望んではいるのだが……。

「困っちゃったわね。お金が自由にならないのよ。あの時は、殺しさえすれば、あとはなんとかなるだろうと、前後を考えずにやっちゃったけど……」

と女が言った。なかなかの美人。その価値を充分にいかし、彼女は金持ちと結婚した。それから、いまそばにいる男と知りあい、愛しあうようになった。ここまでは世によくある現象。しかし、やがてその度が進み、共謀して邪魔な存在である亭主を殺してしまった。毒薬を飲ませ、湖に運び、おもりをつけて沈めてしまったのだ。それは慎重におこなわれ、浮びあがって発覚するような心配は、ないといってよかった。

慎重さがもうひとつ欠けていたと気がついたのは、それからしばらくたってから。正式の死亡でないから、相続ができない。実印があればなんとかなるのだが、亭主がどこにしまったのか、いくらさがしても見つからない。預金をおろすこともできず、貸金庫から債券を出して売るわけにいかず、不動産を処分するわけにもいかない。死んだ亭主の財産に手がつけられないのだ。生命保険金をもらうわけにもいかない。

失踪宣告とかをしてもらう方法があるらしかったが、それにはある期間待たねばだめのようだった。とても、そうは待っていられない。金融業者から金を借りようにも、事情を打ち明けるわけにはいかない。彼女としては、酒を飲みながら男を相手に、ぐちをこぼす以外にないのだ。男も頭をかきながら言う。

「こんなことになるとはなあ。確実に死んでいるというのに、生命保険金がもらえないなんて、不合理だよ。死体なんてものは、空きびんか空き缶のごときものとばかり思っていたよ。ご用ずみになれば、なんの意味も価値もないものとね。ところが、そうじゃなかったんだな。空きびん引きかえでないと、景品がもらえないときた」

「乗車券とも似てるわね。下車する時にはちゃんと渡さないと、おこられちゃう。どうしたらいいのかしら。現状打開の、なにかいい方法を考えてちょうだいよ」

「湖水に沈めたのを引きあげるか。いなくなったと思ってたら、湖水に落ちておぼれてましたとね。それで正式に死亡とみとめてもらうのも一案だ。毒は水のなかに散っちゃって、毒殺の証拠は、発見できないだろう」

男は平凡な意見を言い、女は首をふった。

「だめよ。引きあげられないわ。重い石をつけ、いちばん深いとこへ沈めたんですもの。あたしたちだけでは、できないわ。大ぜいの人間をたのめばいいけど、なんて言うの。亭主が夢にあらわれ、おれはここに沈んでるからと言ったじゃあ、変よ。かりに、なんとか引きあげても、おもりつきではすぐ怪しまれてしまうわ」

「肉を魚たちに食われ、骨だけでもこれまた困るな。死んだ亭主にまちがいない、殺したわれわれが保証するとも言えない」

「どう、いっそ、あなた自首したら。そうすれば、すべてかたがつくわ。あたしは遺産相続ができ、弁護士費用もじゃんじゃん払えるし」

「冗談じゃないよ。そんなぶっそうなこと言わないでくれ。しかし、死体さえあればなあ。ほかのやつの死体でもいいよ。おれは一時、演劇関係のメーキャップ係をやっていた。その死体をうまいぐあいに、ご亭主にみせかける程度のことはできる。葬式をすませるぐらいは、なんとかなるだろう」

「そうね。死体があればいいのよ。あたしの兄は、ある病院につとめているの。わけ前をやることで、死亡診断書を書いてくれると思うわ。あとは火葬にすれば、それでめでたし。死体がほしいわねえ」

女はグラスを片手に立ちあがり、部屋を歩きまわった。死体を笑う者は死体に泣くって形ね、と後悔をしつづけた。その時、ふと耳を傾けた。自動車のとまるような音を聞いたのだ。こんな時間になにかしら。彼女はそっと外へ出て、戻ってきて男に言った。

「林のむこうの道に自動車がとまり、窓をあけたまま眠っている人がいるわ。あれ、どうかしら……」

「どうって……」

「つまり、あの人を死体にしてしまうのよ。かわいそうだけど、あたしたちの幸福にはかえられないわ。やっちゃいましょうよ。どうせやるのなら、早いほうがいいのよ。ずるずると機会をのがしたら、ことはこじれるばかり。亭主の行方不明が話題になったりして、変にさわぐ人も出るし……」

「しかたない。そうそう、麻酔薬があったはずだ。それで眠らせてから、とりかかるとしよう。こんどこそ冷静にやろう。むやみと死体をむだづかいするのは、許されない」

二人は道にとまっている自動車に近づいた。運転席で青年が眠っている。そばへ寄り薬をかがせた。それは簡単な仕事だった。青年はぐったりとなり、頭をたたいても声をあげなかった。男は言う。

「こいつはどんな素性のやつなんだろう。私服刑事だったりしたら、ことだぜ。いちおう調べよう。なにか手がかりはないか」

ポケットをさぐったが、身分証明書のたぐいはなかった。座席にはゴルフのバッグがあるばかり、しかし、後部にまわってトランクをあけた女が言った。

「ちょっとごらんなさいよ。すてきなものがあったわ。思わず笑いがこみあげてくるようなものよ」

男もそれをのぞきこんだ。

「ほんとだ。できあいの死体だ。まさに天からの贈り物だ。この青年、運のいいやつだよ。われわれだって、無益な殺生はしたくない。このような前途ある青年を殺さないですめば、それに越したことはないものな。これをいただいて、あとに石ころでもつめておこう。死者ウェルカム、生者ゴーホームだ。さあ、お客さまを家にお連れしよう」

「でも、あとでなくなったことに気がついて、この青年あわてるんじゃないかしら。あたしんところへ、聞きに来るかもしれないわ」

「おれの大切な友人をさらったんじゃないかってかい。だけど、トランクに入れて運んでいるところをみると、いわくがあるにちがいない。警察に盗難届けを出すとは思えないね。きっと、この青年も喜ぶさ。しまつを押しつけられ、どこへ捨てたものかと、困ってたにちがいない。おもりをつけて湖にほうりこもうと、やってきたというところだな。目がさめて車に死体がないと知って、うれしくなるんじゃないかな。眠っているあいだに、天使が天国に運んでくれたのかもしれないとね。死体ならなんでもいいと欲しがっているのは、われわれぐらいなものさ」

男と女とは、問題の品をトランクから出し、家のなかに運んだ。指紋を残さぬよう、また直接にさわるのも気持ちが悪いので、手袋をはめて頭と足とを持ち、ベッドの上に横たえた。男はいう。

「てっとりばやく、すませよう。きみの兄さんとやらに、電話で連絡をとってくれ。こんなことは早く終らせたいよ」

女はうなずき、電話をかけた。

「ねえ、兄さん。夜中に起して悪いんだけど、亭主が死んじゃったの。すぐ来てくれない。できたら、ひとりで来てよ。ちょっと事情があるの」

電話のむこうの声。

「それはまた、突然だな。さぞショックだろう。いつなくなられたんだい。いまかい」

「ちょっと前みたいなんだけど、よくわからないわ」

「ふうん。で、そこには、ほかにだれがいるんだい」

「あたしのほかには、お友だちがひとりだけ。そんなことより、早く来てよ。いろいろ相談にのってもらいたいの」

「わかった。すぐに行くよ」

4

「すぐに行くよ」

と言って医者は電話を切った。ここは病院の宿直用の室。しかし、彼はすぐに出かけようとはせず、しばらく考えこんでいた。やがて、やっと決心したという表情になり、電話をかけた。

「もしもし、変な時間に電話をして申しわけないが……」

と名をつげた。それから小声で言う。

「……じつは、できたての死体がある」

「それはありがたい。なんとかなりそうな人の死体か」

電話のむこうで、彼の友人である眼科医のうれしそうな声がした。

事情を要約するとこうなる。その眼科医のとくいさきに、資産家があった。だが、事故にあって失明している。角膜を移植すれば見えるようになるのだが、これが簡単には手に入らない。アイ・バンクに申し込んではあっても、需要に対して供給が少なく、なかなか順番が回ってこない。うなるほどある金にものをいわせようにも、思うようにいかない。大金で買ったとなると、批難が集中する。ひそかに、非合法に、なんとかならないだろうか。礼は充分に払う。

というしだいだったのだ。医者はその話を思い出し、友人の眼科医にいまの連絡をこころみたのだ。相手の待ってましたとの口調に、医者はさきをつづけた。

「じつはだね、妹の亭主なんだ。了解してくれるだろうと思うし、絶対に了解させてみせるよ。万事はまかせてくれ」

「よろしくたのむ。うまく角膜が手に入れば、きみが独立して開業するぐらいの資金は出させるよ。ぼくも感謝されるし、いいことずくめだ。で、てはずはどうする。内科が専門のきみの手にはおえないだろう」

「ぼくのつとめているこの病院の裏口のへんで待っててくれ。公然とできることじゃないから、きみひとりでやってくれよ。あいている手術室を使ってやろう。移植のほうは急ぐこともないんだろう」

「ああ、切り取った角膜は、液につけて冷蔵庫に入れておけば保存できる。しかし、切り取るのは、一刻も早いほうがいい。死後あまり時間がたつと、価値がなくなる」

「では、できるだけ早く運んでくる」

医者は電話を切り、急いで外出のしたくをした。カバンを持ち、患者輸送用の自動車を運転し、スピードをあげた。夜の道はすいており、一時間ほどで到着できた。

別荘に入ると、女が迎えた。

「兄さん、よく来てくれたわね。あたし、どうしようかと……」

「わかっている、わかっているさ。亭主が急死すれば、だれだって取り乱すものだよ。さあ、この薬を飲みなさい。あ、そちらの男のかたも。軽い安定剤で、冷静になれる。まず気を落ち着かせるのが第一です。あとは、わたしがうまくやりますよ。さあ……」

医者は女と男とに薬をのませた。軽い安定剤どころか、強力な睡眠薬だったのだ。

「兄さん、あの、じつは……」

女はそこまでつぶやきかけ、眠りにおちた。男も同じ。これで五時間は目がさめないだろう。死体を病院に運び、角膜を取り、ふたたびここへ戻すことができる。あとはそしらぬ顔をしていればいい。死体にあかんべえをさせ、角膜のなくなったのを調べるやつも、葬式の客にはないだろう。

違法なことに妹を巻きこんでは気の毒だ。また、いささか欲ばりなところのある妹に、事情を打ちあければ、わけ前の問題がからんでくる。第一、眼科医には約束してしまったのだ。説得の時間を節約するには、これしかない。あれこれ考えたあげく、医者はこの非常手段に訴えることにしたのだ。

ベッドの上を見ると、それはそこにあった。男が入念にメーキャップをしたので、ほぼ女の亭主の顔になっている。それに、そう注意して調べているひまはなかった。なにしろ、急がねばならないのだ。医者は車のなかにほうりこみ、またスピードをあげる。急げ急げだ。新鮮さが失われると、それだけ商品価値が下ってしまう。

どうやらスピードを出しすぎたらしい。途中で白バイが追いかけてきた。万事休すかと停車した医者に、警官が言った。

「制限速度を越えたようですな」

「申しわけありません。ごらんの通りなのです。急病人で、手術を急ぐのです」

患者輸送車、車体の病院名、医師の身分証明書。それらで警官はなっとくした。患者らしきものも乗っている。

「それはそれは。事情はわかりました。白バイのサイレンを鳴らして、先導してあげましょうか」

「いや、けっこうです。鋭い音を聞かせないほうがいい症状なのです。サイレンの音で起きあがったりしたら、大変なことになります。どうぞおかまいなく。患者のようすにあわせて、適当な速度で走りましょう」

「そうですか。では、どうぞ」

白バイの件はぶじにすんだ。病院の建物の裏口にたどりつくと、眼科医が待ちかねていた。二人で手押し車にのせ、廊下に運びこむ。眼科医は言う。

「眼科をやっていると、死体にお目にかかることは、めったにない。しかし、こうやって見ると、まんざらでもないな。これで、あの金持ちへの義理がはたせるというものだ。きみの目には、札束の塊に見えるだろう」

「まあね」

「では、消毒器具の場所を教えてくれ。手術道具の消毒を入念にやろう。どこにあるんだね」

「いま案内するよ」

医者が運んできた手押し車を、そのへんのドアのなかにかくし、眼科医を案内した。すべての準備がととのい、眼科医が言った。

「じゃあ、はじめよう。札束の塊の人をここへお連れしてくれないか」

「いいとも」

医者は廊下に出て、さっきのドアをあけてなかに入る。だが、たしかにこのへんと手さぐりをしたが、手押し車がない。スイッチを入れて、電灯をつける。しかし、そこにはなにもなかった。さっき、まちがいなく、ここへおいたはずなのに。空気中に蒸発してしまったごとく、消えうせていた。

医者はあわてて、表玄関へ走った。そこには守衛がいて、眠そうな顔で言った。

「あ、宿直の先生。なにかご用ですか」

「いや、用というほどではないが、いましがた、変なやつがここを出入りしなかったか」

「わたしは職務に忠実、ずっとここにおりました。怪しげなやつの入ってくるわけがないでしょう」

「おかしいな。そんなはずはない……」

「もっとも、怪しくない人となるとべつですよ。いま警察の人がみえました」

「なんだと、警察だと。なにしにだ」

「そう驚いた声をお出しにならないで下さい。ご存知のはずですよ。あの、身よりのない人の死体の件ですよ。検査の結果、病死と判明したとかいう。それを引き取りに来たのです。警察の人が受領書をおいていきました。これです。あそこのドアのなかにあったのが、その死体だったわけでしょう」

守衛の指さす方角を見て、医者は叫んだ。

「あ、それを渡してしまったのか……」

そのあとの言葉は出なかった。まちがえて渡してしまうとは。

「書類が不備なんですか。しかし、電話をかければなんとかなるでしょう。相手が警察ですから、変なことになるわけはないでしょう」

守衛はのんきなことを言っている。だが、医者は絶望的な気分になった。警察相手となると、手続きがやっかいだ。くわしい説明を、しなくてはなるまい。もっともらしい説明を考え出さねばならぬ。時間がかかる。角膜を取るのがおくれる。そのあと、また死体をもとへ運ばねばならぬのだ。ぐずぐずしているうちに、別荘の二人が目をさますだろう。死体がないとなると、大さわぎになるかもしれない。さまざまな思いが頭のなかで一挙にあばれはじめ、医者はうずくまり、立ちあがる気力をなくしてしまった。

5

ある医科大学の、解剖学の実習室。教授は学生たちに言った。

「きみたち新入生にとって、はじめての人体解剖の実習である。緊張と好奇心と一種の恐れとが、心のなかで交錯していることと思う。したがって、きょうの体験は頭に刻みつけられ、一生忘れられぬものとなるだろう……」

一息ついて、教授はさらに言う。

「……警察からまわされてきた、みよりのない人の死体である。おかげで、われわれが研究用に使うことができる。エジプト時代とちがい、現代では霊魂の復帰を信じている人はいない。死者の遺族のかたたちが、もっと理解を持って下さるとありがたいのだ。死者のからだは、医学の進歩のために提供する。このつみ重ねがあれば、医学はさらに進み、やがては夢のような話だが、このような死者をよみがえらせることも可能となるかもしれないのだ」

教授はおおいの白布をとりのけた。学生たちの視線が集る。

その時、台の上のからだが身をおこし、声をあげた。

「ああ、ここはどこだ……」

周囲にパニックが発生する。教授はうしろに倒れ、学生たちは押しあいへしあい、少しでも遠くに逃げようとする。ガラスの割れる音。悲鳴。

台の上の男は言った。

「まださわいでいやがる。別荘で秘密パーティーをやるからと招待されたが、変な薬を飲むパーティーだった。くじでおれへの割り当てが、筋肉弛緩剤とかいうやつ。睡眠薬入りの酒といっしょに飲んだはいいが、妙な気分を味わえたのは数分ほど。そとへ歩き出し、どこかで力がつきてばったり倒れ、それっきりだ。いま目がさめ、それだけのことじゃないか。つまらん。なにかほかに、スリルとサスペンスにみちた幻覚でも見られる薬があったはずだ。ああ、おれはくじ運が悪いな。よりによって、いちばん平凡で退屈なやつをひきあてた」

ものぐさ太郎

ひとりの男があった。太郎という。あまり広くない部屋のなかに、ひとりで住んでいた。まだ独身。つまり、さほど年配でもなかった。といって、青年と呼ぶべき年齢は、とっくに過ぎている。普通に会社づとめをしていれば、課長ぐらいになっていても、おかしくない。事実、彼の学生時代の同級生のなかには、すでに課長になっている者だってある。

そういった他人との比較を少しも気にすることなく、太郎は毎日ぐうたらな生活をつづけていた。飲んで食って寝るだけの日常。べつに他人に迷惑をかけるわけじゃないから、悪いこともなかろう。それが彼の主義主張といえた。

数年前に、太郎の父が死んだ。悲しみのあまり部屋にとじこもったところまでは彼に同情できるが、それがずっとつづいているのだ。つづきっぱなし。こんなのんきな生活はない。遺産が入ったし、さしあたり、食うに困らない。心の悲しみはやがて薄れたが、こののんびり生活は、すっかり身についてしまった。

室内は殺風景で、目ぼしい品といえば、ベッドと冷蔵庫と電話。それだけあれば、必要にして充分なのだ。電話で食料品やビールを注文し、冷蔵庫に入れ、腹がへればそれを出し、ベッドの上で口にすればいい。眠くなれば、横になる。もっとも、ひとつだけ問題点があった。このような日常だと、運動不足になり、必然的結果として、彼はふとった。でぶになったのだ。

でぶになると、外出がおっくうになる。外出したところで、女性にはあまりもてない。めんどくさいから、ここに寝そべっていようとなり、悪循環。ますますふとり、ますます、なまけ者になる。

きょうも太郎は、ベッドに横になって、ビールを飲んでいた。ほかにすることもないではないか。こんな彼にとって、年月の流れは無縁だった。

そんな時、電話のベルが鳴った。受話器の奥で、相手の声が言った。

「こちらは銀行でございます。いつもご利用いただき、ありがとうございます。あなたさまはこのところ、ちっとも収入がないようでございますね。このままですと、ご預金の残高をもとに、いまの使いぶりを参考データとし、当行のコンピューターにかけましたところ、あと四年後には残高がゼロになるとの、結果が出ました。つまり、お働きになったほうがよろしいのではないかというわけです。これは当行のご利用者

に対する、アドバイス・サービスでございまして……」

「わかった。わかりましたよ……」

　太郎は電話を切って、またベッドに寝そべった。死んだおやじのことを、なんということなく、ふと思い出した。おやじの小言は、感情的でよかったなあ。いまの電話のような論法は、陰にこもっていて、いやらしい。こっちが、沈んだ気分になってしまう。

　その気分は、なかなか追い払えなかった。太郎は、年月の流れる水音を聞いた。あと四年で、この生活も終りとなるという。このままでは、いかんのだろうな。なんとかせねば、ならんのだろうな。彼は決心し、番号を問い合せ、電話をかけて言った。

「もしもし、性格診断サービス協会ですか。ひとつ、診断をお願いしたいのですが……」

　サービス協会といっても、これは有料。料金支払いについての手続きが終ると、担当の心理学専門家が電話に出た。

「さて、ではじめましょうか」

「これは先生ですか。どうぞよろしく、お手やわらかに……」

「あなたの声と話し方は、としのわりに、むじゃきですなあ。すれていないというか、世間しらずというか」

「ええ、そうおっしゃるだろうと、思っていました。まさにその通り。さすがは先生、その道のベテランですね」

相手の心理学者は、さまざまな音を電話で送り、それで連想するものを太郎に言わせた。また、物語を途中まで聞かせ、その結末をつけさせたりするなど、各種のテストをした。そして、結論として言った。

「あなたの性格診断はですな、あまり勤労意欲がない人物といえましょう。社交的なところはあるが、めんどくさがりやなので、その面が発揮されていない。自己主張が弱く、他人の話にすぐ調子をあわせ、迎合しようとするところがある。まあ、こんなところです。さらにくわしい診断をお求めでしたら、こちらにおいで下さい」

「いや、それはめんどくさいので、やめておきます。しかし、さすがは先生、ずばりとわたしの性格を、指摘なさいましたな。もしかしたら、国際的な権威では……」

「そんなふうに軽々しくおせじを言うところが、あなたの欠点なんです。で、その性格を改善する方法ですが、指示をさしあげますから、こちらへおいで下さい」

「はい、ありがとうございます。では、そのうち、いずれ……」

太郎は電話を切った。寝そべったまま、また一口ビールを飲む。いまの先生のような商売、のんきでよさそうだなあ。やりかたは、すべてコンピューターに入っており、それに従ってしゃべり、診断もコンピューターの答えを読むだけなんだろうな。当の本人は、長椅子でビールでも飲んでるんだろう。太郎は自分の生活から、他人をも判断してしまう。おれは料金を取られたが、あの先生はこれで金をもうけた。おれにも、あんな仕事はないかなあ。こんなことと知ってたら、心理学でも勉強しておけばよかった。

やがて、太郎はまた電話をかけた。

「もしもし、人材流通サービス協会ですか。職を求めているんですが、ひとつよろしくお願いします」

「はい。こちらは人材の需要と供給のバランスをとり、最も適当なご職業をご紹介申しあげるための機関でございます。コンピューターを使って、ぴたりと合うのを、おさがしします。どなたさまにも、ご満足いただいております。で、あなたさま、いままでどんなお仕事をなさっておいでで……」

「それが、なんにもやったことがないんだ」

「これはこれは。お金持ちのかたでしたか。療養生活をなさってたのですか。それとも女のヒモかなんかで……」

「いや、のらくら毎日をすごしていただけです」

「ま、いいでしょう。いずれにせよ、働くのはいいことです。収入は幸福をきずきます。さて、どのようなお仕事が……」

「そちらから問いあわせて下されば、わかりますよ。性格診断サービス協会によると……」

太郎はさっきの診断の結果を話した。その確認をしたのか、しばらくして相手が言った。

「あまり優秀な人材とは、いえないようですな。で、お仕事への条件は……」

「できれば、うちで寝そべってやれる仕事がいいんだが。それに、頭もあまり使いたくない。そんな個性にあった仕事がいい」

「現代に珍しい、ものぐさな人ですね。ちょっとお待ち下さい。性格と希望条件をコンピューターに入れ、調べてみますから……」

何分かかかり、やがて返事がある。

「……こんなのは、いかがでしょう。会員制で、経済関係の情報を提供している機関があります。あなたは、そのたぐいのいくつかに加入する。一方、入会金を出せない小企業があるわけです。それらを何十人か勧誘し、グループを作る。つまり、あなたが情報を仕入れ、それを小売りしてマージンを取るという商売です。公然とやるには法的に疑義があるかもしれませんが、内職ていどなら問題になりません。これでしたら、電話だけでことがたります」

　相手の提案に、太郎は感心する。

「なるほど、いい思いつきだな。で、その小企業の会員を集めるのは、どこへたのんだらやってくれるのか」

「なんです。それぐらい、あなたがなさるべきですよ。そうでしょ」

「そうなんだろうが、おっくうだな。ほかに、もっと簡単なのはないかい」

「あきれた人ですね。お待ち下さい。コンピューターを操作してみますから。あ、ありました。これは、あなたにぴったりだ。子供たちが成長して独立し、孤独になった老人というのが世にいるわけです。生活はなんとかなるが、心さびしい。そういう人の、電話の話し相手になってあげるのです。この相手ばかりは、コンピューターにもできませんからね。あなたには、他人の話に調子をあわせるという性格がある。ちょうどいいかもしれない。社会奉仕的な意義もあり、そう多額ではないが実益もある」

「よし、それにしよう。よさそうだ」

「なれるにつれ、相手の人数をふやしていったらいいでしょう。では、ここへの申込み者のひとりを、ご紹介します。すでに第一線を引退した老人です。その電話番号は……」

太郎は、いよいよ働くことになった。とはいっても、ベッドの上に寝そべって電話をかけるだけのことだが。そして言った。

「こんにちは。ごきげんいかがでしょうか。わたくし、このたび人材流通サービス協会のご紹介で、そちらさまのお話し相手をいたすことになりました。身にあまる光栄でございます。なにとぞ、よろしくご指導のほどを」

それに対し、電話のむこうの老人は、うれしそうな口調で言った。

「そうか、そうか。その礼儀正しい言葉づかい。気に入った。きみは、いまどき珍しい、しっかりした若者のようじゃな」

「はっ、ありがとうございます」

「だいたい、このごろの若い者は、自分の仕事だけにドライに熱中し、うるおいも人情もすっかり忘れている。きみはべつだが、こんなことではいかんのだ」

「ごもっともでございます」

太郎はあいづちをうつ。老人は、よほど話し相手に飢えていたのだろう。社会批判から、冷淡な息子や親類の悪口、それに昔の思い出。わしも五年ほど前までは、その方面ではちょっとした顔役だった。非合法の異性サービス組織を、会員制でやっておったものだ。うまくいっていたのだが、ふとしたことで警察に発覚し、会員や子分には事件をおよぼさず、わしひとりが責任をおって、引退したというわけなんじゃよ……。

そういったことを、くどくどくどくりかえす。適当に驚き、適当に尊敬し、なんだかんだとあいづちをうてばいいのだ。礼儀正しい口調の点に気をつけていさえすれば、寝そべって、ビールを飲みながらでもかまわない。

太郎にとって、まんざら悪い仕事ではなかった。退屈しのぎにもなり、これで収入がえられるのだ。彼はそれをつづけた。あいづちに対しての報酬は、銀行口座に送られてくる。それが何回か重なると、また銀行のアドバイス・サービスから電話がかかってきた。

「お仕事をおみつけになられたようでございますな。けっこうなことでございます。この調子で収入がつづきますと、当行のコンピューターの計算によれば、あなたさまの預金ゼロは六年さきということになります。少しさきにのびたわけで、おめでとうございます。しかし、まだ支出のほうが、収入をオーバーしておりますわけでして……」

「わかったよ。わかってますよ……」

太郎は答えた。彼の心のなかで、エンジンがかかりはじめていた。おそい目ざめであり、その規模もまた、はなはだ小さいものではあったが。

彼は番号を問い合せ、また電話をかけた。

「もしもし、才能開発サービス協会ですか。わたしもなにか、特殊技能を持ちたい気分になってきたのです。どんな才能をのばしたらいいのか、それの指示をお願いしたい」

「けっこうな、お心がけでございます。まさに現代は、個性と才能の時代。当協会は、そのお手伝いをさせていただいているわけです。さて、ご自身では、どんな傾向のものをお望みなんですか」

相手に聞かれ、太郎は性格診断の結果などを述べ、つけ加えた。

「傾向については、どうでもいい。しかし、できればだな、外出をせず、部屋にいながら伸ばせる才能がいいんだがな。なんか、さがして下さいよ。そちらのコンピューターで……」

驚きましたな、と答えながらも、そこは商売。協会のコンピューターは、ひとつの解答を出した。

「こんなのは、いかがでしょう。あなたには、他人に調子をあわせる才能がある。それを、さらに伸ばすのです。つまり声帯模写、ものまねです。そのレッスンを受けてごらんになりませんか。これなら、電話で受けられます。ある程度に上達なされば、あとは人材流通サービス協会が、適当な仕事をさがしてくれましょう」

「なるほど、さほど将来性のある分野とも思えないが、自宅にいながらできるという点が気に入った。そいつをやってみよう。先生の紹介をたのむ」

「はい。教える人の電話番号、月謝、その他の必要事項をお伝えします。録音かメモのご用意をどうぞ……」

　というわけで、太郎は声帯模写のレッスンを受けることになった。レッスンとはいっても、電話の上での弟子入りという形だが。

　教えるほうは、以前はその分野でかなり有名だった芸能人。この種の芸がこのところ衰退し、世を慨嘆していたところ。そこへたとえ電話でも、弟子入り志願者がついたというので、大喜び。教えるのに、熱がこもった。

　録音の再生で、各種の人物の声を流し、その口調のまねをしてみせ「さあ、やってごらん」と太郎にやらせ、その注意すべき点を録音の再生をしながら指摘し、何度もくりかえしやらせる。電話を通じてだが、その熱心さは伝わってくる。

こっち側の太郎も、それにつり込まれ、練習にうちこむ。もともとある程度の素質があったのか、おだてに乗って勢いづいたためか、上達の速度は早かった。舞台でやるのとちがい、表情はどうでもいいのだから、それだけ容易だったといえたかもしれない。

太郎はその一方、電話による老人の話し相手という仕事もつづけていた。でぶの彼にとって、外出せずにすむこの仕事は、満足とまではいかなくても、決して苦痛ではなかった。

それが無事につづいているので、人材流通サービス協会は、もう少し相手をふやしませんかとすすめてきた。そこで太郎は、もうひとり引き受けることにした。収入も二倍になるというわけだ。たいした金額ではないが。

こんどの老人は、政界の黒幕のひとりと小学校で同級だったというのが唯一の話題で、同じことをくどくどと話す。成績はおれのほうが、少しだけよかった。それなのに、やつはえらくなり、おれはぱっとしない人生だった。社会は不合理だ、といったことを。

同じ話題のくどいくりかえしも、話し相手をつとめるほうにとっては、つごうのいい点もあった。どこでどうあいづちをうち、どこでどう同情の言葉をはさめば喜んでくれるかのこつが、すぐにわかってくるからだ。それをのみこめば、あとは簡単。横になってビールを飲みながら、それをやっていればいい。相手はそれで喜んでくれ、すぐ忘れるのか、つぎの日もまた、同じ話をくりかえしてくれる。

最初の老人、つまりお客の第一号のほうも、そうだった。やはり同じ昔話のくりかえし。異性サービス組織をやっていたが、警察に発覚し、おれが責任をおって事件をしまつした。いまは子分のひとりがあとを引きつぎ、なんとかやっているようだ。しかし、あいさつにまったくやってこない。けしからん。そんなことを、毎日毎日くりかえすのだ。これまた、あつかいは楽だった。

時どき、銀行から太郎のところへ電話がかかってくる。アドバイス・サービスだ。

「このところ、各種のサービス協会へのお支払いが、多いようでございますね。なにか意欲を示そうとなさっているごようす。ご成功を期待しております」

「なにいってやがる。よけいなおせっかいだ。ほっといてくれ。いまにみていろ」

太郎は電話を切り、少し発奮した。正確にいえば、発奮でもしてみるかなと、いくらか心が動いたといったところだ。すなわち、彼はまた番号を問い合せ、電話をかけた。

「もしもし、気力充実暗示サービス協会ですか。ひとつお願いしたい」

「はい、みなさまをはげまし、精神に活力をふきこむのが、当協会の仕事でございます。公認の事業で、多数のかたがたに、ご利用いただいております。ご用件をうけたまわりましょう」

「わたしはこれまで、ぐうたらな生活を送ってきた。しかし、最近になって、なにかでかいことをやろうと思いたった。その気力をふきこんでくれ。しかし、ふとっているので、外出するのは好かん。その点を含んだ上でやってくれ」

「室内にとじこもったままで、でかいことをやってのけたいとは、勝手すぎますよ」

「そうかもしれんが、外出ぎらいは、わたしのたぐいまれな個性だ。それまで失ってしまいたくないのだ」

「妙な理屈ですが、まあ、いいでしょう。こっちも商売であり、なるべくご希望にそうのが営業方針。やってみましょう。では、ベッドに横たわって……。なんですって、さっきから横になったままなんですか。では、ベッドからおりて、椅子にかけて下さい。目をつぶって、こちらの声に精神を集中して下さい……」

それから、特異な音楽とともに、迫力ある声が流れてきた。あなたは、かくれた力を持っている。それが、ほんの一部しか発揮されていない。失敗を考えて、ためらったりするからです。あなたにひそんでいるエネルギーは、大変なものです。気力をお出しなさい。そうすれば、必ずいいことがあります。なんでもいいから、まず気力を……。

といった言葉が、耳もとでくりかえされたのだ。それは彼の心のなかに、暗示となってしみこみ、内部からの圧力となり、空気でふくれたボールかタイヤのごとく、張りと弾力とを太郎にもたらした。だから、そのあと、彼はめずらしく、元気のいい声でつぶやいた。

「よし、なにかやってやるぞ。おれには、自信がついてきた。うまくゆきそうな感じがしてならない。才能を発揮すれば、こわいものなしだ。しかし、いったい、なにをやったものか……」

太郎は考えはじめたが、気力がみなぎっているせいか、思いつきはすぐ頭にひらめいた。話し相手をやっているあの老人のお客が、いつもくりかえす異性サービス組織のことだ。ひとつ、あれをくわしく聞きだしてみよう。小手調べの舞台に、ちょうどよさそうだ。太郎は老人に電話をする。

「こんにちは。ごきげんはいかがでしょう。非合法の組織をなさっておいでだったころの思い出でも、お話しになってみませんか」

「そうだな。あれは何年前のことだったかな。そうだ、五年前だ……」

老人はいつものごとく、あきもせず同じ思い出話をくりかえす。太郎のほうは、いつもとちがって身をおこして聞き、要点のメモをとった。どこにあったのか、どんな子分がいたか、経営はどんなだったか、など……。

太郎はそのあと、新聞社に電話する。

「もしもし、新聞記事の資料サービス部をねがいます。じつは、五年ほど前だったと思いますが、異性サービス組織とかがあげられた事件について、くわしく知りたいと思いますので……」

「少々お待ちを。そういうのは、すぐにわかります」

そこから、さらにくわしい知識をえる。老人の話に記憶ちがいの点があるかどうか、調べておいたほうがいいからだ。さらに、裁判所に電話をし、事件記録閲覧サービス部にまわしてもらい、その事件に関する部分を読んでもらう。全容がほぼ頭に入った。

太郎は次に、男性むけ雑誌の付属サービス部に電話をし、これはなかなか手間のかかることだったが、そこで聞き出した電話番号をたよりに、何カ所かに電話をし、そういった組織の所在のいくつかを知ることができた。これまでの知識とつきあわせると、あの老人の子分があとを引きついでやっているのがどれか、だいたい見当がついた。

さて、と太郎は深呼吸をし、そこの事務所に電話をしてみる。若い男の声の応答があった。

「はい、なんでございましょう」

公然たる商売でないので、どこか警戒しているような口調。会員以外のかたはお断わり、入会は会員の保証と巨額の入会金がないとだめですよ、といった感じでもある。そういうものだろう。

しかし、太郎はあわてなかった。これまでの声帯模写のレッスンの成果を活用し、あの老人の声と口調とを、そっくりまねて言ったのだ。

「わしじゃよ。マネージャーをたのむ。早くとりついでくれ」

やがて、電話のむこうでマネージャーがかわった。

「どなたでございましょうか」

「わしじゃよ。思い出せんかね」

「あ、あなたさまでしたか。これはこれは。すっかり、ごぶさたいたしております。

そのご、お元気でいらっしゃいますか」

相手はすぐに信用した。声こそすべてにまさる証明書。太郎も、その展開で自信をつけた。

「五年前だったかな、あのさわぎは。わしが、すべてをひっかぶったのは……」

と相手の記憶をちくりと突っついてみる。あんのじょう、反応があった。

「あの折は、いろいろとお世話になり、ご恩は忘れておりません。いまなんとかやっているのも、あなたさまのおかげです。いずれ、ゆっくりごあいさつに伺うつもりでいるのですが、仕事がけっこう忙しくて……」

「仕事が順調とは、けっこうじゃな。なにも、わざわざ来るにもおよばん。わしはあの時に罰金刑になり、それを払っておるが、それをおまえに少し分担してくれという気もないよ。もう引退の身だ」

「そうおっしゃられると、ますます恐縮です。なにかお礼をいたしませんと、こちらの気がすみません」

「では、ひとつだけたのみがある。聞いてくれんか」

「それはもちろん、あなたさまへは義理がございます。なんなりと……」

うまいぐあいだ。太郎は老人の声のまねをつづけた。

「じつはだ、そちらに所属の女の子、一日だけ貸してもらいたいと思っているのだ」

「どうぞ、ご遠慮なく。それぐらいのことでしたら、お安いご用です。あなたさまがお遊びになるのですか」

「いや、わしは、もうそんな気にならぬ。よんどころない事情があって、ある人のところへ派遣してもらいたいのだ。たのむよ……」

と持ちかける。いうまでもなく、太郎は自分の部屋の場所を告げたのだ。

はたして、うまくゆくかどうか。

太郎はそれからの二時間ほど、不安と期待のうちに待った。美女が訪れてくるだろうか。それとも、組織の用心棒かなんかが「ふざけたまねをするな」と、あばれこんでくるかもしれない。天国か地獄かだ。胸がどきどきするのも、当然だった。

ドアにノックの音がする。

太郎はおそるおそる、ドアをあける。若い美女が立っていた。すばやくあたりに目をやったが、べつに用心棒がくっついてもいないらしい。計画はみごとに成功したようだ。太郎は女に言う。

「やあ、いらっしゃい。お入り下さい」

「よろしくお願いしますわ」

女はおとなしく入ってきた。自己のビジネスに徹しているのか、老人への義理でマネージャーが特にいい女を選び、失礼のないようにと言いふくめて派遣したせいか、そのどっちかなのだろう。女は部屋のなかのぱっとしないようすを眺め、ふしぎそうな表情だった。よほどの大物と思いこんで、やってきたのだろう。女は言った。

「ご商売はなんなの……」

「ひと口には説明できんな。まあ、情報と企画とをあつかう仕事といったとこかな」

太郎は適当にごまかした。それは、かえって大物らしい印象を与えたようだ。彼がふとっている点も、大人物らしく見せる役に立った。

ベッドの上での楽しみもさることながら、太郎は寝物語に、興味ある話を女から聞くことができた。

「あたし、あのクラブでは売れっ子なの。けっこうえらい人から呼ばれるのよ。毎週かならず、定期的に呼んでくれる人もあるし……」

「ふうん」

口がかたく、女の話はそれだけだったが、つぎの計画のヒントにはなった。太郎は好奇心もあって、そのつぎの日、さっそく探偵調査会社に電話をした。

「ある女の尾行をたのみたいんだ。三週間ほどでいい。どんな相手を訪問するか、それを調べて報告してもらうだけで、いいのだ」

「かしこまりました」

依頼は引き受けてもらえた。つまり、太郎はきのうやってきた女の言っていた、えらい人がだれかを知りたかったのだ。

やがて、その結果が電話で報告されてきた。それによると、あの女はなかなかの売れっ子とわかった。有名な芸能人だの、某国の外交官だの、ほうぼうからのお呼びで出かけている。毎週定期的に会う、ごひいきなる人物の見当もついた。ある大銀行の頭取だった。

ここまでくれば、時の勢い、ものはためしだ。太郎は思いきって、その銀行に電話をかけてみた。

「もしもし、頭取につないで下さい。大切な個人的な、急ぎの用件です……」

電話がつながると、太郎はいつか話したことのある、あのサービス組織のマネージャーの声と口調で言った。

「おわかりでしょう。わたしです」

「おいおい、そっちから電話をかけてきては困るよ。それはしない約束じゃないか」

頭取はあわてていた。まったく、声という証明書は、なににもまして信用される。

すぐに核心にふれることができた。太郎は言う。

「わかっております。しかし、これは特別でございます。じつは、いつもそちらさまに派遣いたしております女のことで、至急にご相談があるのです。金に糸目をつけないという外人のご指名、そのほうの話をきめようとしているわけです。つまり、次回からは別な女を、そちらさまに派遣いたすことになります」

「それはいやだな。あれはいい女だ。ほかのに替えられては困る」

「むこうさまを断わるには、ちょっと一時的に料金を高くいたしませんと、ぐあいが悪いのでございます。今回だけで、けっこうでございます。当会の信用にかけて誓います。あとはおたがいに、決してこのことを口にせず、しらん顔ということで……」

「仕方がないな。よし、その約束は忘れんでくれ。金は用意しておく」

「お手数をかけます。では、のちほど、探偵調査会社の者と称する人物をうかがわせますから、それにお渡し下さい」

ここでも予期した成果をあげることができた。太郎はまた探偵調査会社に電話し、その仕事をたのんだ。金を受取りに行ってくれ。そのなかから今回の調査料をさしひき、残りをこっちの口座に入金してくれと。

銀行から電話がかかってくる。

「口座に入金がございました。収入支出、ともに動きが活発になってまいりまして、けっこうなことでございます。当行のコンピューターのアドバイスによりますと……」

「わかってるよ。よけいな口出しは、やめてくれ。いまが最も大切な時なんだ。いかにコンピューターでも、いまの入金、どこで手に入れた金かはわかるまい」

太郎は電話を切り、それから、以前にも利用したことのある、気力充実暗示サービス協会に電話をする。

「たのむよ。前にもお願いしたが、さらに、なにか大仕事をやりたいんだ。許される限度ぎりぎりの、すごい気力を与えてくれ。そう心配することはないよ。前と同じように、外出したくなる気にならないようにしておいてくれれば、そとであばれて、事件をひきおこすことはないだろう」

「はあ、では、やってさしあげるとしますか……」

太郎は、一段と気が大きくなった。さっきまでは、探偵調査会社の報告をもとに、マネージャーの声を使い、あの方法でほかからも集金しようかと考えていたのだが、なんだかばかばかしくなってきた。けちなことをやってみてもつまらん。

その一方、人材流通サービス協会との契約で、老人たちの電話の話し相手を一日に一回はやらねばならぬ。太郎はそれをやった。あの二番目のお客の老人、政界の黒幕と小学校が同級だったというのが唯一のとりえのやつ。今度はこの声を使ってみるかなと、太郎は考えながら相手をした。

このごろ黒幕さんにはお会いにならないのかと聞くと、そんなことはできんとの答えがかえってきた。他人には優越感の看板になるが、自分には劣等感になってしまうたぐいの話題なのだろう。よくあることだ。その感情の微妙な点を刺激しないよう注意しながら、太郎は思い出をいろいろと聞き出した。

太郎の気分は雄大になっており、つぎの計画の材料もできた。彼は電話をかける。その政界の黒幕なる人物の家へだ。何回かかけなおすことになるかとも思っていたが、うまく当人は在宅していた。太郎は老人の声になりきって言う。

「不意に電話をしてしまったが、なんだかなつかしくってね。ほら、わたしは小学校で同級だった……」

名を告げると、相手はすぐに思い出してくれた。

「おお、そうだったな。なつかしいしゃべりかただな。元気かい、なにをしている」

「まあ、なんとかやっているよ。小学校の時、いっしょに大きな雪ダルマを作り、みなをびっくりさせたことがあったな」

「ああ、そんなこともあったな。で、なにか用かね。困ったことでも、あるのかい。打ちあけてくれれば、相談にのるよ」

「いやいや、用事はなにもないのだ。ただ、声を聞きたくなっただけのことだ。そちらは忙しいのだろうから、じゃあ、これで……」

「忙しいことは忙しいが、いまはひまだよ。もう少し話そう……」

政界の黒幕なる相手は、金の無心や、やっかいな陳情でないと知り、安心したのか、さかんにしゃべりだした。政界の裏話まで口をすべらす。太郎にとってはありがたいことだ。声と口調とを、それだけよく知ることができる。

さらに一段階うえに進むことができたのだ。そのあと、太郎はまた電話をする。

「もしもし、政界情報サービス協会ですか。ある政治家についての、これまで新聞雑誌にのった関連記事を集めたいんです。費用は払います。コピーをそろえて送って下さい」

つまり、その政界の黒幕の、人柄や人物関係を知りたいのだ。それのとどくまでのあいだ、彼は声帯模写のレッスンにはげみ、能力にみがきをかけた。前とはべつの気力充実暗示サービス協会にも電話し、活力の補給をさらにおこなった。

太郎の心のなかでは、雄大なる構想と野心とが、入道雲のごとくわきあがった。外見上の生活は、依然としてベッドに寝そべり、ビールを飲むだけのことだったが……。

彼はやがて郵送されてきた資料を調べ、あれこれ計画し、時には、つてを求めて有力者と電話で話し、声をおぼえ、それをまねし、情報をさらに集めることもやった。証券業者にも電話をし、大量の株の注文をする。

そして、とりかかる。政界の黒幕の声と口調とで、ある大臣に電話をかける。

「ああ、わしじゃよ、元気かね」

「は、これはこれは。お元気そうなお声で、けっこうでございます。わざわざお電話をいただくとは、どんなご用でございますか」

「じつは、重要な話なのだ。しかし、どこかで会って話すと、マスコミにかぎつけられ、うるさいことになる。そこで電話したというわけだ。いま、ゆっくり話せるかね」

「はい、もちろんよろしゅうございます。ちょっとお待ち下さい。いま、来客をすぐ帰らせてしまいますから……」

太郎は大芝居にうつる。相手もすっかり信用しているし、こっちだって才能を傾けてしゃべっているのだ。

「じつはだな、次期内閣の構想について、閣内の実力者であるきみに、わしの意見を伝えたいのだが……」

相手は真剣に聞いていてくれ、そのけはいは息づかいとなってこっちにも伝わってくる。ことは産業と経済についての、大がかりな問題。それはただちに大臣の発言に反応し、株価の大変動となるはずのものだ。

それをしゃべっている太郎のいるところは、せまい部屋のうすよごれたベッドの上とくる。ビールのグラスを片手にだ。話しながら太郎は思う。外出することなく、こういう楽しみも味わえるのだ。ちょっとばかり、面白い時代になったようじゃないか。

合　法

おれは、特別捜査部の警部。ある日、なにかぴんとくるうわさを耳にした。

ある病院に関してだ。そこは、金持ち相手の高級な病院として有名。入院料がむやみと高いのに、やってくる患者はかなりの人数だという。つまり、そこで治療してもらうと、ほとんど全快してしまうという評判がひろまっている。

しかし、それにしても、おかしいではないか。いくら大金を払っても、なおらない病気だってあるはずだ。だが、その病院だと、なんとか助かるらしい。生きるも死ぬも、金しだいか。おれは不愉快だった。ヒューマニズムに反する。もしその秘密を明らかにできれば、社会のためになるのではなかろうか。

そういう正義感ばかりでなく、おれは好奇心を押えられなかった。おれのいつもの仕事は、殺人とか傷害とか、ぶっそうなことの担当ばかり。そのためか、死ぬべき病人がみんな全快してしまうというこの現象に、妙に気をひかれたというわけでもある。

「というわけで、この件を調査してみることにする。手分けして、聞き込みをしてくれ。まず、あの病院から全快して退院した、患者の家族あたりからはじめよう」

おれは部下たちに命じた。はじめてみると、関係者は口が堅くなかなかしゃべろうとしなかったが、そこは警官。おどしたりすかしたりには、なれている。何日かたち、その報告が集った。

それによると患者たち、胃だの肝臓だの心臓だの、どこの病院からも見放された重症だったのに、あそこで治療を受けると、見ちがえるように元気になったという。いったい、いかなる方法なのだろう。つぎの段階として、その病院の看護婦たちに狙いをつけた。しかし、よほど待遇がいいのか、口の堅さは患者たち以上だった。非常手段を採用せねばなるまい。おれは部下のなかからハンサムなのをえらび、身分をかくして看護婦たちに近づくよう命じた。

数週間がたち、そいつは戻ってきて報告した。

「なんとか手がかりをつかみました。看護婦のひとりと親しくなり、それを聞き出すに至るまでの、わたしの苦心といったら……」

「そうだったろうが、その恋愛術の話を聞いているひまはない。で、どうだったのか」

「ちょっと口をすべらせたところによると、あそこでは、臓器移植が行なわれているようなのです」

「なるほど、そうか。だが、移植するからには、ほかのだれかから臓器を取り出さなくてはならないはずだ。そして、臓器を取られたやつは、死ぬだろう。しかるに、あの病院で、死者はめったにでない。いやがるやつを、病院へむりやりさらってくるのだったら、これまでかくし通せたはずがない。このところ、失踪届けもあまりないのだ。計算があわない。どういうことなのだろう」

おれが首をかしげ考えこむと、部下は身を乗り出して言った。

「わたしも同様の疑問を持ちました。そこでもう一押しとねばりました。苦心して聞き出したところによると、大変なものの存在が浮かびあがりました」

「なんだ、それは」

「どうやら、臓器ブローカーなるものが存在し、そこから買い取っているようです。しかし、看護婦の知ってるのはそこまでで、その秘密組織については、病院の上層部しか知っていないようです」

「ご苦労だった。出現を予想されていたとはいえ、臓器ブローカーとは恐るべき秘密組織だ。許すことのできぬ犯罪行為だ。よし、あそこの院長を逮捕してこい」

やがて連行されてきた院長にむかって、おれは机をたたき、大声で尋問した。

「なんということだ。こちらで調査したところによると、あなたの病院では臓器移植がなされている。非人道的きわまることだ」

「移植手術についてはみとめます。しかしですよ、それによって患者が助かっているのです。人道的ではありませんか。医師として、良心に恥じておりません」

「その点を問題にしてるのではない。臓器を取られて死ぬ人についてだ。それをやっているのだろう」

「そんなことはしていません。電話をかけると、注文にぴったりの、健康にして良好なる臓器が配達されるのです。一方、現実に目の前に死にかけた病人がいる。それを見殺しにして、いらないからもとの持ち主に返してこいともいえませんでしょう」

院長も、ブローカーの存在をみとめた。

「どこに電話をかけるのだ」

おれは核心に触れた。だが、この質問には、院長もなかなか答えなかった。臓器が入手できなくなると、これから患者たちを救えなくなる。そのことを考えてだろう。

しかし、なんとしてでもしゃべらせねばならない。殺人の共犯になるとか、このままだと脱税になるとか、病院に閉鎖命令が出されるだろうとか、おれはさんざんおどかした。院長は青くなり、ふるえはじめ、とうとうその電話番号を口にした。ここまでくれば、あとは簡単だ。その電話の所在地を調べ、捜査令状を用意し、おれは部下たちとともに、そこへ乗りこんだ。

郊外の林のなか、空気のきれいなところにある、清潔な感じの、わりと大きな建物だった。

門には〈重要商品流通研究所〉と看板が出ている。所長は不在だったが、令状があるからには、いやもおうもない。おれは建物の内部をひとまわりした。

自分の目が信じられなくなるような光景が、そこにあった。心臓だの肝臓だの、そのほかおれにはわからぬさまざまな臓器が培養液のなかで生きつづけている。相当な数で、こうなると壮観といっていい。まさに、人体の部品工場といった感じ。

この培養液の成分を正常に保ち、規則正しく循環させておくのが重要なのだろう。白衣を着た男がつきっきりで、温度計をはじめ各種のメーターを見つめ、装置を微妙な手つきで操作している。おれは聞いてみた。

「すごいものですなあ」

「いかなる臓器もそろっていますが、それぞれの数の多いのが自慢なんですよ。臓器移植においては、拒絶反応が問題。しかし、これだけ数があると、需要者の体質にあった臓器がえらべるわけです。だから、手術の成功率がきわめて高い。おたくの病院でも、こんご大いにご利用のほどを……」

　おれのことを、どこかの院長とかんちがいしているらしい。おれは、うなずきながら質問する。

「このもとを仕入れるのは、さぞ大変でしょうな」

「いいえ、容易ですよ。むしろ、ある段階までここで清潔に育て、いつでも注文に応じられるような状態に保っておくほうが苦労ですよ。そこが、ここの技術陣のすばらしさ。安いからといって、よその粗悪品をお買いにならないほうがいいですよ」

「いったい、どこで入手してるのですか」

「そのへんの仕入帳簿をみて下さい。書き並べてあるはずですから」

　おれはその机の上の帳簿をひっつかみ、部下たちを連れ、そこに書かれているひとつに急行した。そこは小さな病院だったが、おれは飛びこんでどなった。

「ここが、非人道的なことの発生地だったのだな。やい、院長はどこだ。出てこい」

　すると、女医が出てきて言った。

「どなたか存じませんが、失礼なかたですね。非人道的などとおっしゃられては、迷惑ですわ。その反対ですのよ。妊娠の人工中絶を主にやってますけど、これは公認されていること。これこそ人道的で進歩的なことだと、公認する国のふえているのが世界の傾向。まだ禁止している国は、時代おくれだと批難されていますわ。人口爆発も防げ、生活向上にもつながる。この病院では、よそより特に安くやっております。みなさんに感謝され、社会のためにつくしているというわけですわ。もっとも、それは中絶したのを高く引き取ってくれるところがあるからですけど、埋葬しなくても違法じゃございませんでしょう」

「うう……」

おれはうなった。こういうことだったのか。となると、あの大病院の患者のなかには、自分では気がつかなくても、どこかで女を妊娠させ中絶させ、それがまわりまわって臓器となって自分のからだに移植され、それで長生きすることになるやつもあるということか。

なりそこない王子

めでたし、めでたし。トム・キャンチーにとっては、めでたいといっていい結末だった。あわれな乞食(こじき)の少年だった昔にくらべ、なにもかも、すっかり好転している。

ことの起りは、エドワード・チューダー王子の気まぐれからだった。宮殿にまぎれこんだトムは、王子の目にとまり、服のとりかえっこをやってしまった。容器は中身を決定する。一瞬のうちにトムは王子のあつかいを受けはじめ、エドワード王子はそこを追い出され、乞食として町や野をさまよう身の上となった。

しかし、乞食に転落した王子は、変り者あつかいされながらも、気品と希望を失わず、世の矛盾に接するたびに正義感を燃えたたせ、人間的な成長をとげた。そして、幸運にも、もとの地位に戻ることができた。

すなわち、エドワードは王子となり、トムはその椅子(いす)から去らねばならなかった。といって、以前の乞食へ逆もどりというわけではない。王子はトムに言った。

「トム・キャンチーは、わたしの留守中、善意あふるる政治をしてくれた。お礼を言う。きょうから、クラスト育児院の院長の職を与えることにする……」

めでたい結末というべきだろう。トムは思う。王子さまは、けっこう苦労されたようだな。しかし、こっちだって、楽じゃなかったぜ。腹いっぱい食事ができたのはよかったが、宮殿という別世界に、突然ほうりこまれたんだからな。食卓でフィンガー・ボウルの水を飲み、列席者に変な目で見られたりした。いま思い出しても、冷汗が出る。まあ、周囲の連中が気づかれのためらしいと思いこんでくれたから、こっちもそれらしくよそおい、無事にことをおさめてきた。

もし王子の留守中、とりかえしのつかない失敗をしでかしたら、どうなったろう。まったく、王子が戻ってくるまでは、綱渡りの連続のようなものだった。どうせ、こっちは脇役さ。人びとが、おいたわしい王子さまの体験のほうばかりを話題にするのは、仕方のないことだろう。しかし、文句はいうまい。育児院長の職につけたのだ。もはや、腹をすかせて乞食をしてまわる必要もないのだ。

院長用の豪華な椅子にかけ、トムは毎日を回想にひたってすごした。二十歳を過ぎたばかりだというのに、回想だけが生きがいの生活。むりもない。わずかな期間とはいえ、王子としての尊敬をうけ、きらびやかな空気を呼吸した。たしかに最初のうちは、とまどいの連続だった。しかし、しだいになれてもきた。悪くはなかったなあ。宮殿のたくさんの美女。あの当時は少年だったから、異性を見てどうってこともなかったが、いまになってみると残念な気がしてならぬ。

だが、いかに残念がってみても、もう二度とあんな生活は味わえないのだ。味をしめていなければ、なんということもない。しかし、味をしめ、その味をもう味わえないとなると、回想のなかで過去の肌ざわりをなつかしむ以外にないではないか。

トムは時どき宮殿に呼び出される。いまや王となっているエドワードの、思い出話の相手をさせられるのだ。

「なあ。トム。あれは面白い体験だったな。最もスリルのあったのは、わたしが小屋の中でしばられ、そばで頭のおかしな老人が肉切包丁をとぎはじめた時だったぜ。いや、あの時は本当にどうなるかと……」

トムがなにか言いかけようとしても、エドワードは許さない。

「……きみも宮殿で大変だったろうさ。しかし、こっちは、もっとひどかったんだぜ。そうだ、牢にほうりこまれたことも……」

毎回毎回、おなじ話を聞かされる。もううんざりだが、なにしろ相手は王なのだ。

「大変でございましたな、で、それから」と身を乗り出してみせねばならない。内心では、早く終るよう祈るばかり。しかし、王はあきることなくつづけるのだ。

これでボーナスをもらい帰宅したトムは、ほっとし、こんどは自分の回想にひたるのだ。こっちの回想談は、だれも聞いてくれない。少年だったころには話す口調にもかわいげがあり、聞いてくれる人なきにしもあらずだった。しかし、二十歳を過ぎた今となると、ごちそうをそろえて招待しても、だれもいい顔をしてくれない。

王子生活の思い出話になると、みなそっぽをむく。彼らはこう考えているのだろう。おにせ物を本物と思いこみ、こいつにむけて心からの万歳の声を発したこともある。おれたちはばかだった。もし本物の王子が帰ってこなかったら、こいつがいまは王になってたというわけか。ひでえもんだぜ……。

トムはさびしくなる。「すべてはエドワード王子の気まぐれのせいで、おれのせいじゃない」と叫びたいところだが、それもできない。王の怒りをかったら、いまの職を失い乞食に戻らねばならぬ。いや、乞食だって、もはや仲間には入れてくれないだろう……。

欲求不満とは、このようなものをいう。トムは、自分自身を持てあました。このままでは人生がだめになってしまう。人生という言葉から、トムは自分がまだ若いことに気がついた。やりなおしのきく年齢ではないか。ここにいたのでは、たしかにやりなおしは不可能だ。しかし、自分の過去を知る者のいない遠くの国に行けば、まったく新しい人生をひらくことができるだろう。

そこには自由があり、希望や恋や冒険があり、すばらしいことが、すべてあるはずだ。トムは宮殿でエドワードに会い、からだの不調を訴え、多額の治療費を借りた。欲求不満だって、一種の病気だ。さほど良心もとがめない。トムはそれを持って旅に出た。二度とここには戻るものか。

気ままなひとり旅。トムは王子さまスタイルの服を身につけ、腰に剣、馬にまたがってかなたをめざす。いい気分だった。宮殿での生活で、動作も洗練され気品も加わっている。他人の目には王子に見えるだろう。いや、内心だってそれに近い。いまやだれにも気がねなく、気のむくままに動けるのだ。思わず歌が口から……。

その時、どこからともなく歌声が流れてきた。「ハイ・ホー」という合唱。森の奥からのようだ。トムは森に馬を進め、道が細くなると馬を下りて歩き、歌声に近づく。

そして、つきとめた。七人の小人たちが、合唱しながら楽しげに歩いている。トムはますます好奇心を持った。気づかれぬよう、そっとあとをつける。小人たちは、丘の上で足をとめた。

なにをしているのだろう。トムは近よった。そこには細長いガラスの箱がおいてある。なかには、美しい少女が横たわっていた。トムはそれを、精巧な人形だろうと思った。小人というものは、そういう技術にすぐれているという話を聞いている。まるで、生きているような感じではないか。

「うむ。すばらしいできだな」

トムは思わず声をあげる。小人たちはふりむき、そこに王子さまふうの青年を見つけた。びっくりしながらも答える。

「この世にこれだけ美しく、きよらかなものはございません」

「わたしもそう思う。どうだろう、それをゆずってもらえないものだろうか」

トムの言葉づかいは、態度と同様、やはり気品のあるものだった。小人たちの警戒心は高まらなかったが、相談のあげくこう答えた。

「せっかくですが、こればかりはいかに大金をいただいても、さしあげられません。われわれの心のささえなのですから」

「だめかな。それにしても、なんというすばらしさ。ちょっとでいい。さわらせてくれ」

トムはガラスのふたをあけ、そっと手を触れる。なめらかな肌。そのうち衝動が高まり、思わず口づけをした。

その時、箱の中の美しい少女が目を開いた。トムはびっくり。一方、それを知った小人たちは「ばんざい」を叫び、喜びの歌をうたい、おどりはじめた。トムは言う。

「これはどういうことなのだ。口づけとともに目をあける人形とは、まことによくできているな……」

普通の人なら、驚きで口もきけなくなるところだろう。しかし、かつて運命にもてあそばれたことのあるトムは、なまじっかなことでは驚かなくなっている。また、内心で驚いたとしても、それを身ぶりにあらわさない修業もできている。まさに王子さま特有の風格。箱のなかの少女は、身を起し、トムを見て顔を赤らめながら言う。

「まあ、なんとすてきな王子さま。あたし、まだ夢を見ているのかしら。なんだか、長いあいだ夢を見つづけていたみたい。あたし、白雪姫っていうの……」

「わたしはトムといいます。しかし、これはいったい、どういうことなのですか」

トムの質問に、白雪姫や小人たちは、かわるがわる説明をした。白雪姫は継母である王妃に、その美しさのゆえに嫉妬(しっと)され、いじめられ、ついに命まで狙(ねら)われるに至ったこと。まず森のなかに捨てられ、小人たちの家にかくまわれたはいいが、変装してやってきた王妃に首をしめられたり、毒のついたくしを突きたてられたりした。それらの危害はなんとかのがれたものの、ついに最後は毒入りのリンゴを食べさせられて倒れ、いままで眠りつづけとなってしまったこと……。

小人のだれかがつけ加えた。その悪い王妃はやがて死に、いまは父王ひとりが、さびしくお城で暮している。姫が目ざめたということをお知りになったら、どんなに喜ばれることでしょう。

トムは優雅なものごしで言った。

「そういう事情があったのですか。ああ、なんとおかわいそうな姫。しかし、わたしもお役に立つことができ、こんなうれしいことはありません。お父上がさびしがっておいでなら、一刻も早くお城に戻られるのがいいでしょう。わたしがお連れします……」

いうまでもなく、お城へ行くと王さまは大喜び。父と娘との感激の再会。王は自分の不明を反省し、涙ながらに白雪姫にわびる。だが悪い王妃はすでになく、死者にむちうつこともない。純粋な喜びだけが、そこにあった。

王はトムに言う。

「お礼の申しあげようもない。どこの王子なのですか」

「はい。遠い国のものでございます」

「なにかお礼をさしあげたいが……」

「いえ、お礼など。みなさまが喜んで下されば、それだけでいいのです」

「なんという欲のない王子。さすがに育ちのいいかただ。で、どうでしょう。こんなことを申しては失礼かもしれないが、姫と結婚し、わしのあとをついでもらえぬだろうか」

「ありがたいお言葉ですが……」

トムは口ごもる。夢のような幸運。名実ともに王子になれるのだ。しめたと飛びつきたいところだが、その心を押えた。宮殿生活で身についた知恵。待ってましたと飛びつくのは、いやしい身分のもののすること。高貴なものは、軽々しく応じてはいけないのだ。まさにその通り。王はさらにトムにほれこみ、一段と熱心になる。

「わしは疲れたのだ。後継者をきめて、安心したい。ぜひ承知してもらいたい」

「そんなにまでおっしゃるのなら。わたしがめぐりあわせたというのも、神のおぼしめしでしょう。それには従うべきかもしれません……」

トムはうなずく。ばんざいと叫びたい気分だが、そんなはしたない表情は示さない。そして、盛大なる結婚式のお祝い。

かくして、王子の椅子は、ふたたびトムにめぐってきた。前回のは、いつばれて追

い出されるかもしれぬ、きわどい王子ぐらしだったが、今回はそんな心配のない、確実きわまるものなのだ。この幸運を失わないようにしよう。それには実績をあげることだ。トムはそうした。これまでの知識をいかし、王に助言をし、改革すべき点を指摘したりした。王の信用も高まる。また、どこか庶民的なところがあると、領民たちの人気も高まる。万事順調。王は気に入りのトムに、すべてをまかせきりという形になった。

しかし、王さま、そうなるとひまができたのをいいことに、だらしなくなる。もともと、美しいだけがとりえのよからぬ王妃を後妻に迎えたりする性格。あまり賢明な人物とは申せない。気のゆるみとともに、もとの暗愚に逆もどり。

すなわち、城へやってきた二人組の調子のいい旅の詐欺師にだまされたりした。特殊な布を開発した衣服づくりの名人と称し、ほうぼうの王さまにお買いあげいただいているという。驚くほど美しい布だが、おろか者が着ると、その当人の目には見えない。説明があまりに神秘的で巧妙なので、王はひっかかり、大金を払って、その、現実は無である布の服を買いとった。

王さまはそれを着て町を歩くと言い出し、トムは困った。乞食だった少年時代に、このたぐいの詐欺の話はよく聞かされたものだ。しかし、王が金を払ったのは仕方ない。詐欺師はそれなりの苦心をし、王も面白がったのだ。その情報的価値はあるといえよう。しかし、裸で町を歩かれては、他国のあなどりを受けることになる。トムは進言した。

「まあまあ、王さま。それはお考えなおし下さいませ。その高価なる服がよごれたり破けたりしたら、大変でございましょう。また領民たちに見せびらかすのも、よくありません。上の好むところ、下これにならうとか。しもじもの者が欲しがり、このような浪費をはじめたら、感心しないことになります。その服は、城の宝として、大事にしまっておくことにいたしましょう」

知恵をしぼって理屈をつけ、なんとか中止させる。目をはなすとこの王さま、なにをやりだすかわからない。これに気をくばるだけでも、トムはけっこう疲れた。

そして、問題は、王さまだけではなかった。妻である白雪姫も、また、トムにとって手にあまる存在となっていった。

愛し愛されるだけで頭が一杯の新婚当初は、まあよかった。しかし、それが過ぎると、姫のおしゃべりがはじまった。継母の陰謀と、自分がいかに勇敢に戦ったかという武勇伝をはじめるのだ。継母にやとわれ、つぎつぎと森に乗り込んでくる殺し屋たちを、どう撃退したかなど、とくいげに物語る。悪い王妃はすでに死んでいるので、どこまで本当なのか確かめようもない。

これにはトムもてこずった。毎日ひまがあると、それを聞かされる。眠っていた長いあいだの、おしゃべりを取りかえそうといった調子。熱心に耳をかたむけないと「あたしを愛さなくなったのね」と文句が出る。

いっそ逃げ出してしまいたいと、トムは思う。しかし、せっかくありついたこの地位なのだ。この城を去ったら、一見王子さま風というだけがとりえの、ただの人だ。

トムは「そうはいっても、目をさまさせ助けたのはわたしだ」という言葉が口まで出かかるのだが、それをのみこむ。トムがうなずいていると、姫の武勇伝はさらにふくらむ。赤い頭巾（ずきん）をかぶって森のなかを歩いていたら、敵の派遣したオオカミが飛びかかってきた。それをとっつかまえ、腹をさいて石をつめこんだの。すごいでしょ、手に汗を握るでしょ、などとなる。フィクションくさいが、おとなしく聞かざるをえないのだ。

それでも、これだけですんでいるうちは、まだよかった。そのうち、事態はさらに悪化した。白雪姫はお城のなかの、鏡の秘密を発見してしまったのだ。以前に悪い王妃が愛用し、悲劇のもととなった品。すなわち「鏡よ鏡、いちばん美しいのはだれなのか、教えておくれ」と語りかけると「それはあなたでございます」と声がかえってくるのだ。

女性にとって、これにまさる品はない。白雪姫はたちまち、この麻薬的な魅力のとりことなった。一日中、それにむかって同じ一問一答をくりかえしている。いや、鏡からはなれる時もあるのだが、その時はトムにむかって武勇伝を語る。白雪姫の、自分は美しさと勇敢さをかねそなえているのだというナルシシズムは、高まる一方だった。

白雪姫はもっと美しくなろうと、化粧品を買い集め、何人もの美容師をやとった。

「いまのままで充分きれいじゃないか」とトムが言っても、姫は「向上心を失ったらおしまいでしょ」と答え、出費はかさむばかり。

トムはある日、問題の鏡にむかってぐちをこぼした。

「なあ、鏡よ鏡。世の中でいちばんあわれなのは、このわたしじゃないかな」

「はい、さようでございます」

「なんとかならないかねえ。このままでは、城の財政は苦しくなる一方だ。姫はますます手がつけられなくなる。なにもかも悪いほうへと進んでゆく」

「どういたしましょう」と鏡の精。

「そこでだ、鏡よ鏡。姫に聞かれた時、たまにはなにかべつな答えをしてやってくれないかな。そういう衝撃でも与えないと、姫は目ざめてくれそうにないのだ」

「はい。ではやってみましょう」

鏡が承知してくれたので、トムは期待をいだいて待った。

白雪姫は例によって鏡に問いかける。

「鏡よ鏡。いちばん美しいのはだれなのか、教えておくれ」

「ここではあなたでございます。だけど、シンデレラ姫は、あなたの千倍も美しい」

「なんですって……」

予期しなかった答えに、白雪姫は取り乱した。こんなはずはない。しかし、鏡は正直なはずだ。鏡がこわれたのかもしれない。姫は鏡の修理を命じたが、故障は発見できず、また望むような性能に戻りもしなかった。

「いったい、シンデレラって、どんなやつなの。あなた、調べてよ」

姫はトムに命じた。やれやれだ。トムは城の兵を各地に派遣し、それをさぐらなければならなくなった。そして、その報告が姫にもたらされる。これこれしかじか。貧しい家の、姉たちにいじめられている娘だったが、お城の舞踏会でそこの王子さまに見いだされ、めでたく結ばれるに至った……。

白雪姫のきげんは、さらに悪くなる。

「まあなんてこと。成り上り者じゃないの。ただちょっときれいで、ただちょっと運がよく、ただちょっとダンスがうまかっただけじゃないの。なまいきだわ。そんなのがあたしより上だなんて、許せないわ……」

トムはこの時とばかり言う。

「そんなつまらない競争心など、さっぱりと忘れてしまいなさい。人間は、心の美しさが第一です。領民に尊敬されるようになるほうが、重要でしょう」

しかし、白雪姫には逆効果。

「そんなことってないわ。美しいからこそ尊敬されるのよ。領民たちだって、あたしが二位に転落したら、がっかりするはずだわ。そのためにも、なんとしてでもシンデレラ姫をけおとさなければならないの。ねえ。やっつけちゃってよ」

「そんなむちゃなこと……」

「あなたが反対しても、あたしはやるわ。兵士をひきいて、攻めこんでやるわ。いやだったら、あなた、お城から出ていってもいいのよ」

またもトムの痛いところを突かれた。追い出されたら、行き場がないのだ。いかなる無理難題にも、賛成せざるをえない立場にある。

「わかりましたよ。しかし、すぐに攻めこむといっても、負けてはつまりません。開戦の準備をととのえてからにしましょう」

　それにとりかからなければならなかった。先立つものは金。軍資金がいる。つまり、税金を高くしなければならない。トムは代官たちに命じ、その取り立てをたのむ。しかしあまり好ましい反響はない。

「困りましたな。すでに税はだいぶ高くなっている。これ以上は無理です。民衆の不満も無視できません。憂慮すべき現象があらわれている。すなわち、森のなかにロビン・フッド団というのが出現している。その一味は税の取り立てをじゃまし、人気をえている。へたしたら、革命軍に成長しかねない。これ以上の税の徴収は、まあ不可能です」

「そうか。いろんな問題があるんだなあ。では、税金の件は、いちおう見おくろう」

　トムは頭をかかえた。ろくなことはない。ああ、白雪姫を目ざめさせたのが、悪運のはじまりだ。あんな女と、いっしょにならなければよかった。兵士の報告によると、あのシンデレラ姫というのは、いい女らしいな。彼女のほうに先にめぐりあっていればよかった。そうすれば、ぜいたくはできなくても、平穏で幸福な人生を送ることができたろう。

　軍資金が集らぬとなると、兵士をそろえる別な方法を考え出さねばならない。そんな方法が、なにかあるだろうか。白雪姫はやいのやいのと、開戦をさいそくする。

そんな時、ブローカーらしきものが、トムをたずねてきて言った。

「戦争のご計画がおありだそうで。どうでしょう。外人部隊をまとめてお世話しますよ。いまは手付金だけでけっこうです。あとは勝ったあとでもよろしい。もとがかかっていないので、こう安売りができるのです」

「それは耳よりな話だな。うますぎるくらいだ。現物を見ないことには、信用できないな」

「ごもっともです。どうぞ、どうぞ。うそなんかではございません。まず、ごらんになって下さい。ご案内いたします」

その男についてゆくと、その外人部隊なるものがいた。笛を吹く老人のあとに、子供たちがぞろぞろくっついて歩いている。あまりの異様さに、トムは男に質問した。

「どういうことなのだ、これは」

「いえね、あの老人、このあいだハンメルンという町から、ネズミの一掃をたのまれた。老人は笛でネズミをおびきよせ、川に流して全滅させた。それなのに、町の連中は代金を払わない。契約違反。そこで老人は腹を立てて、こんどは笛で町の子供たちを連れ出したというわけです。あの一隊をお安く提供できるのはそのためです」

「なるほど。しかし、みんな幼い子供たちではないか。いくらなんでも、かわいそうだ。さらってきた子供たちを戦争にかりたて、死なせるなんてことは、とてもわたしにはできぬ。そのネズミ退治代は、わたしが払ってやる。みなを家に帰してやりなさい」

「さようですか。お金をいただけるのでしたら、当方はそれでけっこうです。しかしね、あなたは、人がよすぎますよ。そんなことでは将来、勇名をとどろかし、いつまでも語りつがれるような王にはなれませんよ」

「いいんだ。どうせわたしは、だめな男、それほどの人物じゃないんだ……」

外人部隊をやとうつもりが、逆にむだ金を使うはめになってしまった。戦争の準備は、いっこうにはかどらない。一方、白雪姫の闘志は、ますます高まる。

「ああ、ひどい立場になったものだ。身動きがとれない。考えてみると、うまれてからこれまで、自分の意志で行動したことは一度もなかった。他人と運命との気まぐれにあやつられ、浮草のようにうろうろするだけの人生だった。人生がやり直しできればなあ。しかし、ここまで来てしまっては、もうだめなのだ。いっそ死にたい気分だ……」

トムは心の底から、ため息をついた。すると、その息をあびて悪魔があらわれた。そして、こう持ちかける。

「死ぬのでしたら、いつでもできますよ。あなたはいま、人生をやりなおしたいとおっしゃった。それを引き受けましょう。つまり、望みのかなう力を、あなたにさしあげるわけです。ただし一回きりですが、意志は発揮できますよ。そのかわり、死んだ時に魂をいただかせてもらう条件ですが……」

「そうするか……」

トムは承知した。頭が冷静な時だったら、軽々しく答えはしなかったろう。しかし、逆境で気がめいっていて、やけぎみだった。トムがうなずいたのも、什方のないことだ。悪魔は呪文を教えてから言った。

「この呪文をとなえ、それから望みを口にして下さい。そうすれば、いかなる時でも、あなたの望みを一回だけ確実にかなえてあげます」

そして、消えた。そのあとすぐに、ふらふらと承知してしまったことをトムは後悔した。もし悪魔の約束が本当なら、いかなる栄光を手にすることも思いのままだ。しかし、死は避けられず、魂は悪魔にじわじわと引きよせられてゆく。それを考えたら、栄光のなかにあっても、少しも楽しさは味わえないだろう。なにが万能の力だ。なにが意志の発揮だ。悪魔のたくらみに、おちいってしまった。

しかし、もう手おくれ。どうしたものか、さっぱりわからない。へたなことにこの力を使ったら、とりかえしのつかないことになる。くだらぬことを口走らせようというのが、悪魔の作戦なのかもしれない。

トムの頭は錯乱していった。わが身をもてあます思い。なにも手につかぬ。そして、ついに夢遊病者のごとく城をさまよい出て、森のなかへと迷いこんだ。森の奥に救いを期待してそうしたのではない。ただ、わけもわからず歩きつづけている。

ふと気がつくと、前に少年が立っていた。トムは聞く。

「見たことのないやつだな。幻覚かな、それとも話に聞くロビン・フッド団の一味か」

「そんなぶっそうな一味じゃないよ。ぼくはピーター・パンさ」

「ふうん。元気のいい少年だね。大きくなったら、なんになるつもりかい。王子になりたいなんて、夢見るんじゃないよ。まあ、なんになるにしても、つまらん人生を送らないように気をつけるんだね。それには、自分の意志で生きることが大切だよ。わたしはその、だめな見本だ。しかし、きみはこれからだ」

トムが言うと、少年は笑った。

「そんなお説教、ぼくには関係ないね。ピーター・パンはとしをとらないのさ。ネバーランドに住んでるんでね」

「まさか。としをとらないなんて」

「本当だよ。だからこそネバーランドさ」

「それはすごい。わたしをぜひ、そこへ連れてってくれ。お願いだ」

「それはだめですよ」

ピーター・パンはことわったが、トムはそこで万能の力なるものを行使した。呪文をとなえてから、こう言い渡した。

「おまえは、わたしをネバーランドに連れてゆくのだ……」

そのききめはあらわれ、ピーター・パンは言った。

「変だな。どういうわけか、おじさんを連れてかなくちゃならないような気分になってきた。連れてかなくちゃいけないようだ。そうしてあげますよ。だけど、いいですか。そこでは、としをとらないんですよ。のろわれたようなもので、おいろけもなく、健全そのもの。退屈な生活ですよ」

「それが望みなのさ。あの悪魔のやつを、くやしがらせてやるんだ」

「条件がひとつ。島ではぼくが支配者なんですよ。指示に従ってもらわないと困ります。勝手なことをされ、島が混乱し、崩壊し、ネバーランドとしての価値がなくなったら、いっぺんにとしをとることになりかねない……」

「わかったよ。指示に従おう」

ネバーランドの島の入江に、海賊船がとまっている。船長はフックというが、本名ではない。これがトムのなれのはてなのだ。

いや、なれのはてなどと言うべきではないかもしれない。トムはこのフック船長の役に満足しているのだ。悪魔との契約も、ここにいればなんということもない。ピーター・パンが時どき連れてくる子供たちを相手に、大砲をぶっぱなしたり、ちゃんばらをやったりしていればいい。これは遊びなのだ。子供たちも傷つかず、トムも傷つかない。ここはネバーランドなのだから。

もし島を訪れた子供が、フック船長に「おじちゃん、海賊の船長にしちゃ、すごみがないね。むかしはなにをしていたの」と質問すれば、この物語を本人の口から聞くことができる。トムはそれとともに体験にもとづく人生の訓戒をたれたいのだが、あいにく、その質問をしてくれる子供はめったにいない。また、あったとしても、この話を信用してくれないのだ。それがいまのトムにとって、ただひとつの残念なこと。

ナグ製薬の研究所において、バージン検出液なるものが開発された。使用法はまことに簡単。調べたい対象の女性の毛髪が一本あればいい。それをまずA液にひたし、つぎにB液にひたす。それから拡大鏡でのぞく。赤色を呈すればバージン、青色であれば非バージン。鮮明に見わけがつくのだ。会社の幹部は、発表の席上で語った。

「最近の週刊誌などで話題になっておりますように、いまやエリートの時代。エリート青年の条件のひとつとして、バージンの女性と結婚することがあげられています。当社は、その時代の要求にこたえ、この製品の発売にふみきったわけでございます……」

論理がおかしいかどうかはべつとして、いい線をねらった商法といえた。なぜって、新聞、雑誌、週刊誌、テレビのニュースショー、それらがいっせいに取り上げてくれたからだ。うかれて「レーザーに匹敵する最近の大発明」と語った科学解説家があった。レーザーとどう共通点があるのかははっきりしなかったが。

「これは社会の秩序、道徳観を根本から変革するであろう」と語った学者もあった。「心臓移植とともに、人類のありかたを問う話題である」と語った学者もあった。いずれも、なにかことがあるたびに口にしている言葉が、こんども出たというわけだった。

夜の歌謡番組では、テレビの司会者が女性歌手の髪の毛をさっと抜き、液につけて「青色ですよ」とからかった。その女性歌手は「あら、ひどいわ」と泣きくずれたが、彼女がすでに結婚していることは、芸能週刊誌の読者なら、だれでも知っていることだった。

硬い番組や硬い雑誌も、座談会形式でそれをとりあげた。年配の学者風の連中が、しかつめらしく是か非かを論じあうのだ。非ときめつけたところで、すでに出現した科学技術の発明が消えたという前例など、ひとつもないのに。

通俗週刊誌は、大にぎわいだった。女性タレント総点検などと大特集。プライバシーがどうのこうのといっても、大衆の好奇心と、知る権利と、マスコミの利益、その連合軍の前にはたちうちできない。かつら屋が、かなりの利益をあげたという。

一番ばかをみた形なのが、その種の番組のスポンサーであるほかの製薬会社。視聴率はあがれど、すべてナグ製薬のお手伝いになってしまう。かくして、バージン検出液は、驚異的な売行きを示した。なんのかんのと理性的なことを言っても、これから結婚しようという男性は、ほとんどがそれを買った。人工着色や防腐剤の簡単な検出器があれば、食品を買う時に使ってみる気になるだろう。人情というものだ。

いうまでもないことだが、女性たちのなかには、はなはだ苦境に立った者があった。身上相談欄には、そのたぐいの投書がどっと集る。〈どうしたらいいのでしょう。だまっていればわからないとの説があり、それを信じていましたのに。これまでそんな説をしゃべったり書いたりしていた学者や評論家がにくらしい。あたしはだまされていた〉というたぐい。だましたのがだれやら、だまされたのがだれやら、悪いのはだれやら、支離滅裂。

それらの投書を特集すべく、大々的に募集する週刊誌もあった。ブームでひともうけをし、つぎにブームを批判することでもう一回もうけようとの、よくある作戦。テレビなどもそれにならい、またも議論の大波。おかげでバージン検出液は、依然として売行き好調。

やがて、身上相談に投書した女性たちのところへ、ダイレクト・メールの郵送があった。〈わがラマ製薬では、あなたのお悩みを、一挙に解決してさしあげます。ズープという特殊薬剤。これをご服用になれば、バージン検出液に対抗できます。試供品一錠を同封してあります。おためし下さい。あなたの沈んだご気分は、たちまち晴れやかになりましょう。ただし、作用の有効期間は二日。つづけて服用なさるよう、おすすめいたします。人体には絶対無害。ご注文は当社にどうぞ……〉

半信半疑でやってみると、たしかに効果てきめん。赤色反応を呈する。これでバージンが買え、幸福な人生が手に入るのなら、安いものだわ。

このズープなる薬剤を発売した会社も、やはりうまい商法といえた。だまっていても、マスコミのほうが取りあげて紹介し、さわいでくれる。座談会の出席者は例のごとくなれたもの。

「わたしはどっちの立場にまわればいいんですか。反対のほうですか。念を押しますが、ズープへの反対というわけですね。まちがえるとことですからな。わかりました、まかせておいて下さい。謝礼ははずんで下さいよ。さて、かかる発明は虚偽を助長するものである。良心を麻痺（まひ）させる悪魔の発明というべきである。もし、この傾向が政治や外交にまでひろがるとすれば、人類の未来はまさに暗黒……」

つぎにズープの検出液なるものが出現するかと予想されたが、その段階は飛び越された。外資系のケイ・ウエスト電機会社は、革命的な製品を発売した。

ズープの防壁を一挙に打ち砕く製品。バージンかどうかは、ごまかしの皮をはげばいいのだ。当人の記憶のなかには、明白に存在している。うそ発見機となると大型にならざるをえないが、この場合は狙いをその一点にしぼったため、超小型化が可能となった。万年筆ほどの大きさで、会話をしながら女性の肌の、どの部分でもいいから接触させればいい。判定は確実。それを拒否しようとする女性があるかもしれないが、それはそのことだけで、すでに判定が出ているといえる。

そう安価な品とはいえなかったが、買い求める男性が多かった。これで安心感が買えるのだ。一生の後悔の防止ができる。男とはそういうものなのだ。なにも解説を加えることもあるまい。

またもマスコミは大さわぎ。関係者もこつをのみこみ手なれていた。つまり、社会の流れの方向のみきわめがついたといったところ。開発するほうも楽だ。出るべきものがすぐに出る。あるメーカー。

「エレクトロニクスと大脳生理学との結合で新分野への挑戦をこころみしている当社、ついにみごとな製品を開発。高性能自己催眠装置。忘却器ともいうべきもの。忘却する記憶部分をバージンに関連した事柄だけにしぼったので、お求めやすいお値段での発売が可能となりました……」

科学の進歩というやつは、すばらしいものだなあ。つぎつぎに新しいものが出現してくる。数十年前には人びとが夢にも考えなかったような品が、たちまち現実に普及してしまうんだからなあ。むかしは、戦争こそ科学を進める要素であるなどと、ばかな説をとなえた者もあったな。その原理の誤りは訂正された。平和のうちに、このように科学を進めることだってできるのだ。

科学というものは、その目標さえきまれば、完成し実現するのは時間の問題である。アイザック・アシモフの言葉。自己催眠装置で消した記憶を、一種のショックで外部から掘り起し、ついでにその男の顔まで明らかにし、スクリーンに投影する装置がどこかで研究中のはずである。それが完成し普及すれば、そうなったで、また……。

ある時ふと「なんでこんなにまでバージンにこだわらなければならないんだ」とつぶやく人間もあるだろう。だが、こういう突拍子もない根源的な問いかけというやつは、すぐに消えてしまう。海になぜ水があるんだろう、なぜ時計の針は右まわりなのだろう。そんなたぐいに似たようなものなのだ。

しかし、この場合、答えようとすればきわめて簡単でもある。すなわち、こだわることで利益を得るのがたくさんいるということ。メーカーのみならず、報道媒体、賛成だ反対だともっともらしく論ずる連中。自分はちっとも恩恵に浴してないとぼやくやつらだって、一喜一憂をけっこう楽しんでいるんだ。本人は気がつかなくても……。

こんなこと、なにもいまにはじまったことじゃない。むかしから。スカートの長さがどうのこうのと、愚にもつかないことに夢中になってこだわった人びとが氾濫した時代もあった。この流行語はいかすの、最新の流行はこういう姿勢をとることだの、電車のなかで開く雑誌はなにがいいの、ヘアスタイルがどうのこうの。人間というやつは、対象がなんであれ、こだわることが大好きなのさ。しかも金になり、ならなくてもなにがしかの楽しみが味わえるとなれば、なおさらのこと……。

ミドンさん

ひとりの青年があった。まだ独身で、会社づとめの生活だった。

ある平日の朝、例のごとく出勤しようと家を出た彼は、そこに若い女性が立っているのを目にした。スタイルのいい、ちょっとした美人だった。その女は、そこにずっと待っていたというのではなく、通りがかりに足をとめたという感じだった。彼女は青年にむかい、あいさつなのか首をかしげたのか判断しにくいような身ぶりをし、こう声をかけてきた。

「あの、おたくに、ミドンさんはおいでてでしょうか」

「え……」

青年は軽く驚きの声をあげ、女をみつめなおした。なぜこんな美人が、おれに声をかけてくれたのだろう。わけを知りたいな。ミドンさんか。おれに話しかけるきっかけに思いついたのだろうが、それにしても変な名前だな。そんな彼の内心におかまいなく、女はまた言った。

「ミドンさんをご存知でしょうか」

「それより、なんで、そんな人をさがしているんですか」

「なにか心当りがおありのような、口ぶりですのね。ミドンさんについて、なにかご存知なんでしょ」

女は青年のほうに、一歩ちかづいた。香水のかおりが、かすかにした。青年は言う。

「そういうわけじゃありませんが、ミドンだなんて、妙な名前で面白いじゃありませんか。それは名前なんですか、姓のほうなんですか。やはり外人なんでしょうね。男の人でしょうか、それとも女の人。いくつぐらいの年齢の人ですか」

「さあ、なんとも申し上げられませんわ。ニックネームかもしれないし」

と女は青年の顔を見つめながら答えた。

「ニックネームとしたら、必ずしも外人とはいえないわけですな。雲をつかむような話だな」

「でも、さがさなければならないんですもの。なんとしてでも。その人が見つからないと、困ってしまうんですの。なんとかならないかしら……」

女はつぶやくような口調とともに、ため息をもらした。悲しさや疲労が、一瞬だけだが表情にあらわれて消え、本当に困りきっているようすだった。

「しかし、なぜ、そんなに熱心にさがしておいでなんです……」

と青年は聞いた。

「その人に、どんなご用があるんです」

との質問もしてみた。いちおうの美人、男たちが彼女を追いまわすのならわかるが、これでは逆みたいだ。

しかし、女は答えなかった。だまって青年の顔を見つめつづけ、表情のかすかな変化をも見のがすまいとしているよう。青年は変な気分になった。彼は出勤時間におくれかけているのに気づき、立ち去ることにした。

「では、これで……」

しばらく歩いてふりむくと、女はまだそこに立って、青年のほうを眺めていた。彼は思う。どういうことなんだろうなあ。ミドンさんか。なにもので、あの女とどんな関係にあるんだろう。しかし、彼に見当のつくわけがない。おれをからかったのでもないような感じだったな。あの女の、かんちがいか幻想だったんだろうな。しかし、時間がたつにつれ、彼はそのことを忘れてしまった。

つぎの日、青年が会社で机にむかっていると、電話がかかってきた。四十歳ぐらいの男の声で、こう言っている。

「ちょっとおうかがいしますが、あなた、ミドンさんについて、なにかご存知だとかで。じつは、それについて……」

「えっ、ミドンさんですって……」

青年は驚いて聞き返しながら、前日の若い女のことを思い出した。相手は勢いこむ。

「やっぱりご存知なんですね。ああ、よかった。ありがたい」

「まって下さい。まだ、知ってるなんて言ってませんよ……」

と青年は言いながら、きのう美人との会話の楽しさを引きのばすため、返答をぼかしたせいかなと思った。そのため、女は勝手に脈がありそうだとの印象を持ち、この電話の男に伝えたのだろうか。

「では、ご存知ない……」

相手の声は落胆した口調になった。しかし青年は、それに対しても否定せずに言った。

「いったい、どういうことなのです」

「つまりですな。ミドンさんを、ぜがひでも、さがさなければならないんです。それも、早ければ早いほどいいというわけなんですよ」

「どんな人物なんですか。あなたのおっしゃる、ミドンさんというのは……」

しかし、青年のその質問に対して、相手は満足な答えをしなかった。早くミドンさんをみつけたいという意味のことを、さまざまな表現でくりかえすばかり。それには熱意がこもっており、息づかいのような音も伝わってくる。だが、聞かされるほうはたまらない。青年はいいかげんで電話を切ってしまった。こんなことにつきあってはいられない。

しかし、ひとりになって時間を持てあましたりすると、青年の頭のなかに、ミドンさんの件が浮きあがってきてしまう。なんとなく気になってならない。そもそも、どんなやつなんだろう。ニックネームなのだろうか。手もとにある外国語の辞書をひいてみたが、それらしい意味の語はでていなかった。なにかの略語なのだろうか。その見当もつかなかった。どこかの小国の、耳なれない言葉なのだろうか。

「ミドンさん、ミドンさんか……」

青年は、口のなかでつぶやいてみる。しかし、いくらくりかえしてみても、イメージは定まらなかった。女なのか男なのかも。

気になるという感情は、好奇心へと育っていった。最初に話しかけてきた若い女、さっきの電話の男、あいつら、なぜミドンさんを、こう熱心にさがしているんだろう。青年はひまがあると、そのことを考えるようになった。気がつくと、その名を口のなかでころがしていたりする。ミドンさんは青年にとって、気分の上でだが、親しい存在になっていった。しかし現実には、彼はミドンさんについて、ひとかけらの知識もないのだ。つまり、この断層は大きくなる一方、彼はそれを持てあました。

知りたいという欲求は高まるばかり。もしこんど機会があったら、少しでもいいから聞き出したいものだ。

その機会は、三日ほどたつと訪れてきた。無意識のうちにミドンさんとつぶやきつづけながら、青年が帰宅しようと会社を出た時、身なりのいい老人が寄ってきて、彼に話しかけた。

「決してお手間はとらせません、ちょっとお話が……」

「なんでしょうか」

「うわさによると、あなたはミドンさんに関して、なにかお知りだそうで……」

またもミドンさんについてだ。しかし、先日の電話の声の人とはちがうようだ。青年は足をとめ、にっこりした。うまくいけば、なにか新知識がえられるかもしれない。青年は言う。

「知ってたらどうだとおっしゃるのです」

「どこにいるのか、教えていただきたいのですよ。つまりですな、ミドンさんに会いたいのです。重要な件なのです」

「そんなに重要人物なんですかね。このあいだは、若い女の人から、ミドンさんの件で質問された。そのあとは四十歳ぐらいの男から、電話がかかってきた　あなたは、あの人たちとお知りあいなのですか」

「ええ、そうなんです。あの連中が困っているので、わたしも見るに見かねて、失礼なこととはわかっているんですが、口ぞえをする気になったのです。あんまりじらしたりせず、ミドンさんについてご存知のことを、教えてあげなさいよ。知っておいでなんでしょう」

「まあね……」

青年はあいまいな返事をし、事情の説明をするよう水をむけた。老人は、急にうれしそうな表情になった。しかし、老人は青年の期待しているミドンさんしやらについての説明はせず、会えないと困る、会えればどんなにうれしいかをくりかえすばかり、知っている人に対して説明は不要と思ってるのだろう。青年は、手で制しながら言った。

「早がってんは困りますよ。あなたがたのさがしているミドンさん、どんなかたなのです。それをうかがいたいものですね。人ちがいということだってあるかも……」

「いやいや、人ちがいなんてこと、あるわけがありません。そのミドンさんでいいんですよ。で、いまどこにいるんです。ミドンさんは」

「そうせかされても困ります。まあ、しばらく考えさせて下さい」

青年が言うと、老人は態度を変え、頭を下げてあやまった。

「そうでしょうな。そういうこともありましょう。ほかならぬミドンさんのことですものな。わたしのような年齢の者が、つい性急なことを言ってしまいました。としがいもなく、失礼しました。しかし、これもミドンさんに早く連絡をつけたいあまりのことです。ここのところを、ご了解していただきたいものです」

「ええ、それはわかりますよ」

「申しわけなくて、なんとおわびしたものか……」

「そう頭を下げることはありませんよ。じゃあ、また……」

青年は老人のそばをはなれた。そして、いささかがっかりした。うまくゆくかと思ったのだが、効果はあげられず、ミドンさんとやらについては、なにも聞き出せなかった。

そのため、青年の胸のなかの好奇心は、一段とその度を高めた。ミドンという人物は、なにものなんだろう。スパイ組織にでも関連しているのだろうか。暗号名ミドンというやつが、大事な情報を持って、どこかへ消えてしまった、あるいは約束のところへ、いくら待っても現れない。そこで仲間が大あわてで、さがしまわっている……。しかし、この仮定は、しっくりこなかった。あの若い女にしろ、いまの老人にしろ、いつかの電話の声の主にしろ、どう見てもスパイの一員といった感じではない。また、スパイなら冷静なはずだ。ミドンさんへの関心を、ああはっきり表情に出したりはしないはずだ。あの人たちに共通している点は、だれも善良そうだという点。

それと、共通点は、もうひとつ。ミドンさんについての具体的な説明を、してくれないことだ。秘密にしておきたいのだろうか。しかし、早くさがし出したいのなら、手がかりをどんどん並べてもいいだろうに。となると、もしかしたら、あの連中もミドンさんという人物の姿や顔つきを、よく知らないのじゃないだろうか。青年は、なんとなくそう思った。だが、推理はそこで行きどまり。あとは、さっぱりわからない。あの連中はなぜ、ミドンさんさがしに、ああも熱心なんだろう。

青年はもう、気になって気になってならない。いくらか不眠症にさえなった。頭を使うので、食べ物の消化が悪いせいだろうか。もしかしたら、夢のなかでミドンさんに会えるかもしれない。それを期待して早く眠ろうとすればするほど、ねむけは遠のいたりするのだった。変な夢にうなされることはあっても、ミドンさんの姿はない。

夢のなかのミドンさんは、うしろのほうとか、物かげとか、霧のなかとか、いつも見えないところにいる。

彼は、仕事も手につかなくなった。能率も落ちる。こんな状態がつづいたら、健康にだってよくはないだろう。ミドンさん、ミドンさん。それについてなにか知ることができるのなら、かなりの代償を払ってもいいという気持ちにさえなった。

そして、青年は決心した。

その日は休日だった。午後、青年が自宅でぼんやりしていると、いつかの若い女がたずねてきた。彼の予期していたことであり、女の言うことも、また予期していたものだった。

「あなた、ミドンさんについて、やっぱり、ご存知なんですってね」

「まあね……」

と青年はうなずく。その発音に微妙な感情を含ませてみた。ただ気を持たせるだけでなく、きょうは思いついた作戦を進めてみるつもりだった。女は飛びはねたいようなようすで言った。

「うれしいわ。あたし最初から、そうじゃないかなって気がしてたの。このほっとした気分、どう形容したものかわからないわ。よろしくお願いしますわ。もしよろしかったら、少し時間は早いけど、どこかレストランででもお食事をしながら、ゆっくりお話をうかがおうかしら」

こいつらのミドンさんについての、いちずで純粋な執心。それに対し、青年は嫉妬めいたものを感じるのだった。

女は青年を案内した。高級なレストランの、予約された一室で、料理もよく上等な酒が出た。女はずっと、うれしげにほほえみつづけ、魅力的だった。内心の喜びを押えきれないらしい。青年もほどよく酔い、いい気分だった。やがて女が問題にふれる。

「で、ミドンさんのことなんですけど、いま、どこにいらっしゃるの」

青年はユーモラスな口調で、予定の言葉を口にした。

「ここにいますよ。じつは、ぼくがそのミドンさんなんです」

ひとつの試みなのだ。すぐにでたらめと、発覚するかもしれない。その時は、冗談ですよ、あなたのような美人と、交際したかったからです、と訂正すればいい。そう怒られることも、ないだろう。べつに実害は与えていないのだし、ここの勘定を負担すれば、それですむはずだ。

そして、このでたらめがばれなかったら、この連中とミドンさんとの関係、事態の真相にいくらかは近よれるはずなのだ。青年は女の反応を、そっと観察した。

女の表情がぱっと変った。目が大きく見開かれ、しばらくのあいだ意外さへの驚きを示していたが、つづいて喜びに変り、最後にほっとした感じに落ち着いた。肩からは緊張が消えてゆく。

「あら、あなたがミドンさんだったの。そうだとは、ぜんぜん知らなかったわ」

本当にうれしそうだった。長いあいだの思いがかなったというのか、苦労がむくわれたというのか、冬が去ったのを示す春風のような感情があらわれている。そのため、青年はもはや否定しきれない立場になってしまった。といって、だましたことでの良心のとがめは強くもなかった。ここで冗談だと否定したら、ふり出しに戻ってしまう。作戦は、うまく進んでいるのだ。青年は言った。

「ご満足ですか」

「ええ、いうまでもないことですわ。ちょっと、ここでお待ちになっててね」

女は席を立ち、まもなく戻ってきた。電話をかけに行ってきたらしいと、やがてわかった。そのうち、人びとがこの部屋へとやってきたのだ。いつか会った老人もいた。四十歳ぐらいの男、それは前に電話で聞いた声の主らしい。そのほか中年の婦人もいたし、少年もいた。女の同僚らしい女性も、何人かやってきた。

レストランのボーイが、ふえた人数の席を作るためテーブルをひろげ　料理や酒の追加を運んできた。やってきた人たちは、青年に声をかける。

「あなたが、ミドンさんだったのですか。ほんとによかった。とるものもとりあえず、飛んできました。じつは一時、さがすのをあきらめようかとさえ思ったんですよ」

といった意味のことを、口々に言うのだった。青年は内心、これは困ったことになりそうだなと感じた。こう人数がふえてくると、ここの払いも安くはないだろう。車代も出さねばならなくなるかもしれない。彼は、おどおどした口調で言った。

「しかし、ぼくがあなたがたのおさがしになっているミドンさんと、はたして同一人なのかどうか、おたしかめになったらどうなんです」

この連中、ミドンさんの外見は知らなかったにしても、ミドンさん特有の性格や経歴を知っているはずだ。それを話しはじめるだろう。適当に聞いておき　どこか一カ所で否定し、まちがいだったようですねと言えばいい。彼はそうしようと思ったのだが、みこみ通りには進展しなかった。

「あなたがご自分でおっしゃるのだから、ミドンさんにまちがいないじゃありませんか。疑ったりは、しませんよ。さあ、まずお祝いの乾杯をしましょう」

老人が提案し、みなが賛成した。

「ミドンさん、ようこそ」

と言う。グラスがいっせいに傾く。お祝い気分がみなぎる。しかし、青年はどんな態度をとったらいいのか、とまどいつづける。ミドンさんになりすましてあげように も、依然として、事態はなにもわからないのだ。なんとなく不安になりながら、青年は言う。逆のほうから、かまをかけてみよう。

「で、ぼくがミドンさんだったとしたら、どういうことになるのです」

「まあ、あわてることは、ありませんよ。もう急ぐことは、なにもないんです。われわれは今まで、あなたをさがすために、あせったりせかせかした気分ですごしてきた。しかし、もはや、その必要はない。まず、ゆっくりとお祝いをしてからにしましょう」

老人はボーイに命じ、特別な酒を持ってくるように命じた。それは、それぞれの前にくばられた。青年はいらいらしてきた。だんだん、帰るきっかけを失いつつある。やけぎみになり、彼はその酒をすすりながら言った。

「早く本題に入ってくれませんかね。ぼくも、そうのんきな身分じゃないんですよ」

「のんきな身分じゃないとおっしゃる。あなたはユーモアのある人だ。ミドンさん、あなたは、まったくふしぎなかたですなあ」

どういうことなのだろう。青年は頭を働かそうとしたが、そうもいかなかった。頭のなかに、どこからともなく、ねむけがおしよせてきた。最初、彼はこのところの不眠症での寝不足が、ここで出てきたのかと思った。しかし、そうではないようだった。意志の力ではねのけられないような、ねむけ。青年は気がつく。どうやら、いま飲んだ酒に、なにか薬がまざっていたのだろう。ほかの連中は、その酒にまだ手をつけていず、手をつけようともしない。

恐怖を覚えながら、彼はむりに目を開き、まわりを見まわす。これは復讐の儀式ではないかと思ったのだ。ミドンと名乗るやつが、こいつらになにかをした。そのしかえしなのだろうか。しかし、連中の表情に、そのたぐいの残酷さはなかった。それは安心していいように思われた。連中の表情に共通しているものは、これからはじまることへの期待。そんな感じなのだ。といって、これからどうなるのかは、まったく……。

「いったい、ぼくを、どうしようと……」

青年はそこまで言い、あとは口がもつれた。ねむけがからだじゅうに、急激にひろがっていったのだ。かすかに残っている彼の記憶によると、彼は両側から支えられ、そのレストランから出て車に乗せられたというところまで。車が走りだすと、その震動は青年の眠りを完全なものにしてしまった……。

……なにか背中にかたい感触をおぼえ、青年は寝がえりをうとうとした。そのとたん、彼は落下した。

恐怖がからだを走り抜けたが、たいしたことではないと、すぐにわかった。落下したのは数十センチほど。彼は立ちあがり、あたりを見まわした。そして、自分が寝ていたのは公園のベンチであり、寝がえりとともに地面にころがり落ちたのだということを知った。

太陽が上から照っていた。腕時計をのぞいてみる。なにかにぶつかったためか、ガラスが割れ針が折れていた。どれくらいの時間がたったのだろう。

あれからだ。酒で眠らされたまでのことを、青年は思い出した。あれから自分の身に、なにが起ったのだろう。服を調べる。あの時に着ていた服のままで、べつによごれてもいない。ポケットをひとつひとつ調べる。なくなった品は、ひとつもないようだった。紙入れのなかのものも、ちゃんとそろっている。彼は首をかしげながら、手を顔に当てる。ひげだけは時間の経過を示して、いくらか伸びていた。

青年はふらふらした足どりで、歩きはじめた。薬品の作用が残っているのか、頭は少しぼんやりしていたが、空腹であることだけはたしかだった。まず、どこかで、なにか食べることにしよう。

公園を出る。道にそった商店の、ショーウインドウをのぞきこむ時、彼はちょっとためらった。そこにうつる顔が自分のでなくなってしまっているのではないかとの不安だった。もしかしたら、ミドンさんとやらに変身しているのかもしれない。ガラスにうつる見しらぬ顔が、これがおまえの会いたがってた人物だぜと、にたりと笑ったりしたら、ふるえあがってしまうだろう。

しかし、そんなこともなかった。やはり見なれた自分の顔がうつっていた。安心感と、なにか不満めいたものを感じた。道のむこうから警官が歩いてくる。青年は思わず声をかけた。

「あの、ちょっと……」

しかし、彼はそれをすぐ反省した。この一連の事件を訴えようと思ったのだが、そんなことをしてなんになる。面白半分でミドンさんと自称したら、薬のはいった酒で眠らされた。それだけのことなのだ。被害事実は、なにもない。警察だって、どこまで本気で耳を傾けてくれるか、わかったものじゃない。変人あつかいされるのが、おちだろう。まごまごしている彼に、警官は言った。

「なんでしょうか」

「あの、きょうは何曜日で何日でしょうか。いま何時でしょう。そして、ここはどこ……」

青年は言い、その警官は世にも妙な表情をした。こんな質問をされたのは、はじめてだろう。しかし、質問の内容そのものは、答えるのに容易だった。それを教えてくれた。

「どうもありがとう。助かりました」

青年はお礼を言う。あれから二十四時間ちかくたっていることと、ここが自宅からそう遠くない公園であることがわかった。彼は、なにか言いたげな警官をあとに歩き、途中で食事をし、自宅に帰りつく。

なにはともあれ、無事に帰宅できた。いちおう、ほっとすることができた。しかし、その安心感はしだいに消え、またも、いらだたしい気分が彼の心のなかで頭をもたげてきた。結局のところ、ミドンさんについては不明のままなのだ。しかも、それだけではない。あの意識を失っているあいだに、自分になにが起ったのか。なにかをされたにちがいない。あるいは、なにかをしたかだ。どう利用されたのか、まるでわからない不安。

　青年はそれから何日か、テレビや新聞のニュースに敏感だった。とんでもないことに巻きこまれているのかもしれない。自分のモンタージュ写真が、それとともに出るかもしれない。

　しかし、事件らしい事件はなにもなかった。といって、これで安心と断言はできない。新聞をにぎわすたぐいとは別の、なにかちがうことに利用されたのかもしれないのだ。詐欺とか、遺産相続とか、ろくでもない犯罪に。

　一方、あの日を境に、女や老人などからの連絡は、ぴったりなくなった。あの連中、どこのだれだったかもわからず、なんの手がかりもない。酒を飲んだレストランをたずねてもみたが、いちいちお客の名をおぼえているわけがなかった。

　いくら考えても、青年は理解に近づけず、想像もひろがらなかった。彼は満たされない内心を持てあまし、気分は沈みがちになり、それはひどくなる一方だった。つとめ先で仕事しながら、時どきぼんやりする。それに気づいた同僚が言った。

「どうかしたんじゃないかい。以前にくらべ、ようすが変だよ。悩みごとがあるのなら事情を話してみないか。相談に乗るよ」

　強くうながされ、青年は言った。

「あまりにばかげているんで、信用されないだろうし、笑われるだろうが、こうなんだ。じつは……」

そして、ミドンさんにまつわる一連のことを話した。ここで話しておけば、後日、この友人が証人としてなにかの役に立ってくれるかもしれない。彼はそう思い、好奇心からミドンさんを自称し、酒を飲まされて眠ったこと、そのあと自分の身になにが起ったのかわからず、気になってならないのだと、くわしく説明した。

「……というわけなんだ。いっそ、警察へ訴えようかとも考えているのだが」

「それだけのことでは、警察は動いてくれないだろうな。しかし、それにしても、興味ある話だな。真相を知りたくてならない気分に、ぼくまでなってきた……」

同僚は身を乗り出し、声を高めた。そのようすを見て、さらに何人も集ってきた。しかし、話を聞くと、だれも笑ったりはしなかった。事実を知りたくてならない好奇心が、それを上まわっているからだ。

みなが意見を出しあう。行きつくところはひとつだった。

「唯一(ゆいいつ)の方法はだね、そのミドンさんなる人物をみつけだすことだ。そいつなら、すべてを知っているはずだ。それしかないよ。やつをさがそう。みんなで手伝うよ。とてもこのままでは落ち着かない。われわれ、心がけて聞いてまわり、情報を知らせあえば、いつかは、さがしあてることができるんじゃないかな」

青年は言う。

「ありがとう。ぼくも、それ以外にないと思ってはいたんだ。しかし、ひとりではとてもむりだ。みなに手伝ってもらえるとは、こんなうれしいことはない」

「そう恐縮することはないよ。ぼくたちだって、知りたいことでもある。その好奇心で結ばれることにより、われわれの友情だって、いっそう強いものになるかもしれないし……」

かくして、青年と同僚たちは、ミドンさんさがしをはじめることになった。なかなか楽しいことだった。さがしあてた日を夢みる毎日。その期待でつながった仲間。

仲間がふえたからといって、青年の決心が薄れるわけではない。ミドンさんというやつ、どこかにいるはずなんだ。必ずいる。なんとしてでもさがし出し、事情を聞き出さなければならない。まったく、こっちはいい迷惑だったのだ。いつの日か、きっとつかまえてやるとも。その時、ミドンさん、もったいぶったり、あれこれごまかそうとしたり、すなおに答えようとしないかもしれない。だが、おれは必ず聞き出すぞ。どんな方法でやるかな。そうだ、自白剤とかいう一種の睡眠薬を、なんとか手に入れておこう。それを飲むと、当人は無意識状態で、なにもかもしゃべるという作用があるという。ミドンさんを見つけたら、油断をさせて連れ出し、あらかじめみなと打ち合せておき、気づかれぬようそれを飲ませて……。

魅惑の城

「なにしろ、すばらしいところだ」

「夢のなかで遊んでいるような気分。あのような快楽の園が、この世の中にあったとは」

「いい女たちが、そろっている」

「顔やスタイルばかりでなく、男性にとっては、あの従順さが、たまらなくうれしい」

「あのすなおさ。いまどき珍しい。ふしぎなくらいだ」

「こっちがどんな要求をしても、いやな顔ひとつせず、喜んで応じてくれる」

「あのほうのサービスがすごい。なんといったらいいか、まるで……」

「なんと形容したらいいかな。心がとろけてゆくようだ」

「静かななかに、強烈さがある。心が、現実に吸われてゆくようだ」

「あんな満足感は、めったに味わえない。満足感があまりに大きく、連日かようことなど、とてもできたものじゃない」

「なんとなく、エキゾチックなムードがただよっている」

「神秘的なものを感じさせる。どこがどうとは、指摘しにくいが」

「とにかく、すばらしいところなのだ」

これらが〈魅惑のお城〉についてのうわさだった。いや、ささやかれる言葉のなかには、もっとリアルで、聞く者をぞくっとさせる文句も、たくさんある。また、すなおさや従順、ひかえ目なもの静かさ。そういった現代における宝石にめぐりあえた喜び、賛辞、感激などに重点をおいた言葉もある。

若い者であろうと、老年と称していい者であろうと、ひっこみ思案の人、陽気な人をとわず、そこを訪れた男たちは、このような感想を抱くのだった。各人それなりの、心からの満足を味わう。

そして、それは夢のなかのものでも、ただのあこがれの幻の城でもなく、実在のもの。実在でなかったら、こうまで、ささやきの波紋のひろがるはずがない。

警察のなか、その中年の刑事も、これらのうわさを耳にしていた。非合法の売春組織にちがいない。職業柄、彼がそう考えるのも、当然のことだった。いずれは警察として、手入れをすることになるんだろうな。その時は、おれも動員されることだろう。

しかし、何カ月かがたったが、警察は動きはじめようとしなかった。そのきっかけがなかったためでもある。被害の訴えが、まるでなかった。なんらかの被害届けがあれば、捜査にとりかかることができるのだが。

たとえば、友人にさそわれて遊びにいったはいいが、そこでひどい目にあった。あるいは、楽しい思いはしたのだが、大金を請求されて、身ぐるみはがれた。そういった犯罪に関連した届けは、ひとつもない。

うわさすらなかった。行ってみたがもてなかった、その腹いせに、やつ当りめいた密告電話を警察にかけてくる。普通だと、そんな例があるはずなのだが、こと〈魅惑のお城〉に関しては、それすらない。どんなみにくい男ももてるのだろうか。ひとつぐらい、例外はありそうなものだが。

新聞がとりあげてくれれば、それでもいい。そうなれば、警察としても乗り出しやすい。だが、これに関連した記事はのらなかった。大げさに書き立てるのが好きな週刊誌にとって、こんないい話題はないはずなのだが、それにものらなかった。

取材のために、潜入した記者はあったのだろうが〈魅惑のお城〉のとりこになったのかもしれない。あるいは、このようなすばらしいものを暴露し、社会問題となって営業停止になったりしたら、全男性のうらみを買う。第一、自分も行けなくなる。そんな心境になることも、あるだろう。いずれにせよ、報道されることはなかった。

営業をやっているからには、利益があがっているはずだ。税金はどうなっているのだろう。税務署から、脱税の容疑で捜査への協力依頼があれば、警察も動きはじめる。しかし、それもなかった。税務署の係官が調べに出かけ、やはりそこのとりこになってしまったのかもしれない。

というわけで〈魅惑のお城〉についてのうわさは、男だけの秘密として保たれていた。こんなことを、わざわざ女性に報告する男はいないのだろう。婦人団体がさわぎたてるけはいもない。

その中年の刑事は、依然としてこれへの行動をとれないでいた。上からの命令もなく、なんのきっかけもないのに「魅惑の城の手入れをやりましょう」と申し出るのも、ためらわれた。それに、つまらぬ犯罪事件の処理で、毎日が忙しくもあった。

だからその刑事としては、時たま耳に入るうわさをつなぎあわせ、ひまをみて、ひとりであれこれ想像してみる以外になかった。そのたびごとに、行ってみたいとの誘惑におそわれ、はっとして冷静さをとりもどす。

いったい〈魅惑のお城〉は、どうして、ああ評判がいいのだろう。男のいうままになる女たちばかりだという。どうやって、そんな性質に仕立てるのだろう。おどかしてだろうか。それだったら、つらさにたえかね、警察にかけこむ女があってもいい。麻薬でつなぎとめているのだろうか。だが、その仮定もしっくりしない。このところ、大量の麻薬が動いているという情報はなかった。催眠術のたぐいかもしれないが、そうまで完全にゆくものだろうか。

まあ、妥当なところは、金の力だろうな。金銭という万能の力は、たいていのことを可能にする。金の欲しい女たちなら、そのためにサービスに熱中することも考えられる。しかし、この仮定も、ちょっとおかしかった。その報酬の金は、お客にしわ寄せされることになり、時には、高いと文句をつけるやつがあらわれるはずだ。

しかし、そんなうわさも、聞いたことがない。その赤字を埋める金を、だれかが出しているのだろうか。ばかばかしい。そんなもの好きな人間など、いるわけがない。

考えているうちに、刑事はいつも、いらいらしてくる。彼の心のなかで、想像は疑惑となり、それは好奇心に変化し高まってゆくのだった。この目で、たしかめてみたいものだな。どんなところなんだろう。うわさ通りなら、快楽にみちた胸のときめく、夢のような国なんだろうな。男のいいなりになる、従順な女たちばかりが待っている……。

心のいらいらは消えるが、刑事は自分の口もとがだらしなく笑いかけているのに気づき、あわてる。同僚に見られたら、恥ずかしいことだ。中年男のいやらしい笑いぐらい、警察関係者の表情として、ふさわしからぬものはない。

おれは刑事なのだ。しかし〈魅惑のお城〉についての夢想を、頭からすっかり追い出してしまうことは不可能だった。好奇心がそれ以上に育つのを、押えることもできなかった。そして、それはさらに大きくなり、行ってみたいとの衝動が、刑事であるという立場の自制心を、ついに越えてしまった。

行ってみよう。しかし、彼はいちおうの理屈づけをし、自分自身に弁解した。これは調査なのだ。将来の手入れの時のために、ようすを知っておくほうがいい。べつに、やましい行動ではない。とはいうものの、やましさは、いくらかあった。

その中年の刑事は、派手なネクタイを買った。地味な私服とどこかちぐはぐだったが、警察関係者らしいにおいは、いくらか消えた。

また、身分を証明するものは、なにひとつ身につけなかった。万一、変なことに巻きこまれたにしても、でたらめな名を告げれば、それですむだろう。つとめ先を質問されたら、それも適当に答えておこう。長いあいだ警察の仕事をしていると、わけのわからない職業の連中についての知識だけは、けっこうふえる。そのたぐいの　つをあげれば、相手もなっとくするはずだ。

その刑事は、仕事から解放された夜には、そのような外見と内心とで、街を歩きまわるのが習慣となった。しかし、どう歩けばその〈魅惑のお城〉に行きつけるのか、まるで知らないでいる自分に、あらためて気づいた。

職務の上で、社会の裏についての情報ルートを、彼は知っていた。しかし、今回はそれにたよれなかった。へたに聞いたりしたら〈魅惑のお城〉のほうに連絡され、警戒されかねない。あるいは、しくまれた罠にはまり、こっちの弱味をにぎられることになりかねない。これに関しては、警察をはなれた個人として、自分の力でたどりつかなければならないのだった。

その刑事は夜ごと、あてもなく街を歩いた。都会とは森のようなものだな。もしかしたら、魔法の森かもしれない。この森にふみこんだ者は、もはや出ることができず、一生そのなかをさまよいつづける。なぜおれは、都会にいるのだろう。職務をはなれた行動のせいか、そんなことを、彼はとくに強く感じた。そして、おれはグレーテルを連れていないヘンゼル。お菓子の家は、どこにあるのだろう。

手がかりは、なかなかえられなかった。いったい〈魅惑のお城〉なんて、本当にあるのだろうか。実在するとしても、それは他人はだれでも行けるが、おれには決して行きつけない場所にあるんじゃないだろうか。魔法の森だったら、そんなことも、ありうるかもしれない。しかし、あきらめる気にもなれなかった。目に見えぬ誘惑の力は強かった。

そんなふうになって何日目の夜だったか、刑事はある小さなバーで飲んでいた。そうおそくはない時刻。なんのあてもなしに入った店だったが、その彼の耳に、待ち望んでいた言葉が聞こえてきた。

「ああ、あ。きょうは会社で、いやなことがあったな。魅惑のお城へ寄って、気ばらしをしたい気分だな」

そっちを見ると、つぶやきの主は、会社員らしい若い男だった。しめた、なんという幸運。刑事は話しかけようかと思ったが、しばらくがまんした。あれこれ質問したら、変に警戒されるかもしれない。また、こっちの身分を見抜いた上での、聞こえよがしの言葉かもしれないではないか。

それとなく観察してみたが、そんな計略でもなさそうだった。警察生活によって、それを見きわめる感覚を、彼は持っていた。つぶやきをもらした青年は、グラスの酒を飲みほして立ちあがり、バーから出ていった。刑事もまた、そのあとにつづいた。

あとをつけて行けば〈魅惑のお城〉にたどりつけるのだ。さとられぬよう尾行するのは、彼にとってお手のものだった。

見失なったら大変。このスゴロクの上りは、どこだろう。

それは、郊外の静かな林のなかにあった。なんということもない、古びた洋風の建物。毒々しい原色のネオンもついていなければ、安っぽい音楽も響いてこなかった。はたしてこれが、あこがれていた〈魅惑のお城〉なのだろうか、刑事は判定しかねた。しかし、青年はそのなかへと入っていった。

刑事はしばらく考える。だが、考えてみても、結論の出ることではない。ここまで来たら、進んでみる以外にない。入口に行き、ドアをノックする。無表情な男が出てきた。刑事は言ってみた。

「はじめてなんだが、いいかい」

「どうぞ、どうぞ。いらっしゃいませ。ご常連になられたかただって、最初はどなたも、はじめてだったわけでございます。お入り下さい」

理屈なのか冗談なのかわからない言葉を、男はにこりともせず言った。水商売になれているようにも見えず、暴力団らしくもなく、といって、ビジネスマン風でもない。刑事の勘をもってしても、見当がつかなかった。しかし、べつにこったを警戒するようなようすでもなかった。金があるのかないのか、値ぶみをする目つきでもない。刑事はちょっと張合い抜けがし、言うべき言葉に迷った。

「さて……」

「どのような女性をお好みで……」

「どんなのでもいいよ」

「しかし、やはり、若い女性のほうが、よろしいわけでございましょう」

「まあね」

「では、どうぞ、こちらへ……」

地下へおりる階段があった。それをおりながら、刑事はひとりうなずいた。なるほど、地下というわけか。地上の建物が小さく目立たなくても、これなら、さしつかえないわけだな。といって、地下に部屋がどれくらいあるのか〈魅惑のお城〉がここのほかにもあるのか、そこまではわからなかった。まあ、いい。それは機会があれば、あとで調べることもできるだろう。

しかし、そのような職業意識につながった思考も、そうはつづかなかった。うすものをまとっただけの若い女たちが、廊下を歩いている。静かな歩きかただが、それがかえって魅力的だった。彼はぞくっとした。

女たちがうすものをまとっているということは、あたりが温かいことを意味している。温かすぎるほどだった。刑事は汗をぬぐった。また、甘くなやましげな香水のにおいが、ただよっている。においすぎるほどだった。むっとするほど、刺激的だった。たしかに魅惑の城だなと、彼は満足した。南国の王宮の、ハレムを連想させるような模様が、廊下の壁に描かれてある。女のなかには、外国人らしいのもいる。エキゾチックな印象とは、このムードのことだったのだな。廊下のところどころには、熱帯の花の鉢植えがおかれてある。その花もかおりが高く、香水のにおいとまざって、はじめての者には、息苦しさを感じさせるほどだ。その空気は緊張をほぐし、情欲を高めてくれる。

刑事は小さな部屋に案内された。清潔なダブルベッドがある。かくしカメラかマイクのたぐいがあるかと気にし、そのへんを調べてみたが、なにもなかった。

彼はベッドの上に横たわり、そばの照明をうす暗くして待った。これから起ることへの期待で、しぜんと胸がときめいてくる。彼は刑事ではあるが、ただの男でもある。しばらくの時が流れ、やがて女が入ってきた。ほの暗いなかでゆれるうすものが、きれいなクラゲのように見えた。

それからのことは、刑事が以前から聞いていたうわさを、すべて事実をもって証明してくれた。ただの証明でなく、うわさ以上にすばらしいことを知らされた。何回も夢ではないかと思ったが、決してそうではなかった。

夢ならば終ったあとに、はかなさが残る。しかし、これは夢ではない。こころよい満足感が、刑事のからだのなかで、余韻のようにいつまでもつづいた。いちおう陶酔からさめ、彼は言った。満足感が大きかっただけに、料金のことが気になってくる。

「で、ここの代金のことだが……」

「おこころざしで、けっこうなの。いくらでもいいということなのよ」

女が答えた。これも、うわさの通りだった。料金をめぐって、いざこざも起らないはずだ。これは、営業政策のひとつなのだろうか。そう言われると、かえって奮発したくなるお客がいるのかもしれない。だが、女の口調からは、そんな感じを受けなかった。刑事は、財布から何枚かの紙幣を出して渡した。

「では、これくらいでもいいのかな。不足だったら、そう言ってほしい。なにしろ、ここははじめてなので……」

「いいえ、これでけっこうよ。またいらっしゃっていただくほうが、うれしいの。どうもありがとう」

刑事はふと首をかしげた。紙幣をかぞえもしない女の無欲さ、そのことのせいだけではなかった。女の声に、聞きおぼえがあるように思えたからだ。いつ、どこで会った女かまでは、思い出せないが。

彼はスイッチをひねり、照明をあかるくした。女の顔がよく見えた。ちょっと厚化粧ぎみだったが、良質の化粧品を使っているせいか、不快さはまったくなかった。

何秒か見つめ、刑事ははっきり思い出した。だいぶ前だったが、警察で家出の少女を保護したことがあった。その時、刑事はその話し相手を担当した。いま目の前にいるのが、その女だった。

「前に、どこかで会ったような気がしないかい」

「さあ、わからないわ」

「わたしにおぼえはないかい」

警察でとは言わなかった。きょうは、個人としてやってきたのだ。忘れててくれたのなら、ありがたい。ここで思い出されたら、口どめ料を追加しなければならないだろう。

「あたし、おぼえてないわ」

女が言った。本当にそうらしかった。しかし、刑事のほうは、あの時の女と同一人だとの確信を、ますます強くした。なにしろ自分で相手をしたのだし、女の首すじのホクロまでおぼえている。それにしても、あの時はずいぶん反抗的な女だったが、いまは従順そのものだ。どうしてこうも性格が変ったのだろう。

記憶を消し、性格を変える。やはり、特殊な催眠術のたぐいなのだろうか。家出女をつかまえ、このように仕立ててしまう組織だとしたら、かわいそうなものだな。以前に保護した時、もっと熱を入れて説得しておけば、この女も、こんなふうにはならなかっただろうに。暗くてわからなかったとはいえ、自分がベッドをともにしてしまうとは、皮肉なものだ。刑事は複雑な思いで、ぼんやりと女を見つめていた。こうむかいあっていると、あの時とそっくり……。

回想しながら、刑事ははっとした。あの時とそっくり。そのことが、彼を驚かしたのだ。この女、あの時そのままの若さではないか。少しも、としをとっていない。

「きみはいくつなんだい」

「あら、としのことなんか、聞くものじゃなくてよ……」

女は静かに答えた。こんな商売をしていたら、肉体のおとろえも早いだろうに、これはどういうことなのだろう。刑事の頭のなかを、ねむり姫の物語の荒筋が通り抜けていった。長い年月を眠り、そのままの若さでめざめた姫の話。しかし、それ以上に想像はのびなかった。

刑事は女といくらか会話をかわした。

「ここに、女の子はたくさんいるのかい」

「ええ」

「みんな、どこから来たんだい」

「知らないわ。ひとのことなんか、どうでもいいの」

「ここで働いているの、楽しいかい」

「ええ、楽しいわ」

「ほかに、どんな楽しみがあるんだね」

「ここで働いていることが、楽しいのよ」

「そういう人生を後悔しないのかね」

「人生だなんて、そんなむずかしいこと、わかんないわ……」

刑事は、そのへんで話をやめた。くどく聞くと変に思われるだろうし、会話はいっこうに進展しなかった。しばらくの沈黙。

「ちょっと失礼するわ」

と言い、女は部屋を出ていった。受取った金を、しまいに行くのかもしれなかった。

刑事はひとりベッドにねそべり、また、あれこれ考えはじめた。ここはふしぎなところだ。女たちは楽しんでおり、お客たちも楽しむ。それならいいとはいえるが、どうしてこれが成り立っているんだろう。

どうやって女たちを、ここに集めたんだろう。外国の女らしいのもいる。笛吹き男という童話が、彼の頭のなかで、花火のようにきらめいた。むかし、ハンメルンという町がふえすぎたネズミで困っている時、笛吹き男がやってきて、その退治をひきうけた。しかし、それをやったのに、町の人は代金を払わない。そこでかわりに、笛の音で子供たちを連れていってしまったという。そのたぐいの笛で、女だけを集めるという方法は……。

温かく香水のただようなかで、ベッドにねそべっていると、空想的なほうにひろがる一方。こんなことではいけない。やっと、ここへ入れたのだ。さぐるだけは、さぐらなくては。刑事は服をつけて廊下へ出た。

迷路のような廊下を、彼はさまようように歩いた。うすものの女たちとすれちがう。快楽からさめやらぬ表情の、お客の男もいた。だが、わざとらしい嬌声（きょうせい）はなく、静かだった。

鉢植えの植物のひとつにかくれて、立入禁止と書かれたドアがあった。職業柄、彼はそれを目ざとく見つけた。また職業と無関係に、その文字は彼の好奇心をかきたてた。細目にあけてのぞくと、だれもいない。刑事はそこに入った。

早くいえば、美容院を思わせる部屋だった。鏡があり、椅子（いす）があり、化粧品がたくさん並んでいる。男性にはなんに使うのかわからない、化粧用の道具らしきものもあった。それらにまざって、どういうわけなのか、テープレコーダーがある。彼はなにげなくボタンを押した。

ドラムの音が流れだした。いくつかの打楽器の合奏、ほかの楽器は加わっていない。異様な音、妖（あや）しげなリズム。それが単調にかなでられ、ゆっくりとくりかえされ、なにかに呼びかけ、よびさますようにくりかえされ、くりかえされ……。

「あまり魅力的な音楽じゃないな。ここにふさわしくない……」

彼がそうつぶやいた時、その部屋の、もうひとつのドアが開いた。そして、入ってきたものがあった。刑事は一瞬、それがなんであるのか、わからなかった。いや、目で理解はできたのだが、信じられるものではなかった。

泥まみれの女。身にまとっているものは、ぼろぼろの布きれ。乱れた髪。鼻をつくいやなにおい。それがなんのにおいか、彼は知っている。死のにおい。刑事だから、それになれてもいる。そのにおいに接しても、とくにあわてはしない。しかし、それが、こういうふうに出現するとは……。

それはおかしな歩きかたで、さらに近づいてきた。彼は足がふるえ、動けない。声も出ない。手が反射的に動き、そいつを横にはらった。そいつはよろめいて倒れた。コードが抜けたのか、テープの音楽がとまった。そいつは床に崩れるように横になり、動かなくなった。

さわった時の手の感触が、神経を伝わって刑事の頭へとどいた。つめたく、ひやりとする感触だった。死の感触。彼は悲鳴をあげ、しゃがみこむ。

その悲鳴を聞きつけてか、ひとりの男が部屋に入ってきた。色の浅黒い、どこか熱帯地方の人のような印象を与える。いくらかおかしなアクセントの口調で言った。

「困りますね、この部屋にお入りになっては。もっとも、カギをかけ忘れたようだ……」

「すみません。ねぼけたのです。しかし、そんなことより、こ、この女はなんなのです。まるで、死、死……」

刑事は口ごもり、男はうなずいた。

「その通りです」

「では、死者。しかし、これは歩いてきたんですよ。なにかの冗談でしょう」

「ご存知ないようですな。ゾンビーのことを……」

「そ、それはなんのことです」

と刑事は聞きながら、床に横たわるものを横目で見た。男は、それに白い布をかぶせながら言った。

「ブーズー教ですよ。カリブ海の西インド諸島一帯に散在する、土俗的な宗教。そのなかに、死者をよみがえらせる秘術がある。わたしはそれをきわめ、わがものとした。そのリズムがそうです……」

男はレコーダーを指さした。

「……そのリズム。その共鳴によって、埋葬された死者は墓場から起きあがり、土をかきわけて地上へ出て行き、音のところへやってくる。それがすなわち、ゾンビーです。動く死者とでもいいますか。わたしはその女のゾンビーたちのよごれを落し、きれいにしてやる。死のにおいを香水で消し、部屋の温度を高めて、つめたさをなくす。時にはコンタクトレンズとか義歯とか、いろいろと手を加えることもある。それで、できあがり、あとはわたしの呪文(じゅもん)により、命ずるままに働きつづける。こういうわけなのです」

「すると、ここの女たちはみな……」

「そういうことですな」

呪術者の男は、こともなげに言う。極端な不快感が、刑事のからだをふるえさせた。なぜだか、汗がどっと出た。彼はなにかを叫んで、すべてを忘れてしまいたかった。

「なんということを。許せない……」

しかし、呪術者は落ち着いた口調。

「なぜです。どこがいけないのでしょう。わたしがよみがえらせた死者は、若い女性がほとんど。いいですか、人生の楽しさを、知らずに死んだ女たちですよ。死んでも死にきれないでしょう。快楽、わたしは、それを与えてやっているのです。また、ここへ来る男のお客さまも、みんな喜んで下さる。ただ私利私欲のためだけでやっているのではない。だから、料金も安いのです。いいじゃありませんか」

「しかし、いくらなんでも、生きている人間と死者とを……」

「そうおっしゃるが、ここへいらっしゃるお客さまたち、なかば死んでいるようなものじゃないでしょうか。自分の意志を完全に発揮することなく、だれもかれも、上の者の呪文の命ずるままに、一日を動きつづけている。ここの女ゾンビーたちと、どこがちがいます。なかば死んでいる男たちと、なかばよみがえった死者の女たち。悪くない組合せといえるんじゃ……」

呪術者はしゃべっていたが、刑事の頭は呆然とし、議論に発展はしなかった。

「こんな大それたことが、よくいままで秘密に……」

「ブーズー教の秘法には、呪いの人形で殺す術もある。このほうはご存知でしょうか。ロウをこねて作った人形のなかに、その人物の爪なり髪の毛なりを入れる。それに針を突きさせば、当人がどこにいようと、たちまち死にます。注意人物と思われるお客さまからは、ここでお遊びいただいているあいだに、その髪の毛を少しとりあげておく。だから、ここの秘密をなにかかぎつけたかたがあっても、そのことをお話しすると、口をつぐんで下さる。つまらないことを口外したら、針ですからね」

内情が報道されなかったのは、そのためだったのか。なにが魅惑の城だ。刑事は吐きけを押えながら言った。

「あの女ゾンビーたち、いつまで、ああ働いていられるのだ」

「ずっとですよ。死者はとしをとらない。いつまでも、ああなのです。ご存知かどうかしりませんが、ゾンビーにとってのタブーは塩です。一回だけですが、お客さまのなかで、塩の錠剤を口うつしに飲ませたかたがあった。ゾンビーはたちまち、どろどろの死体、そのお客さま、発狂してしまいましてね。これは例外中の例外の事件です」

「吸血鬼におけるニンニクのようなものか。吸血鬼は血を吸うことで生きてゆくが、ここのゾンビーたちの栄養物はなんなのだ」

「つまりですな、男性の性的分泌物。女ゾンビーたちがすなおなのは、わたしの命令のせいもあるが、本人たちが、その栄養物を求めているからでもあるわけです。うまくできてるじゃありませんか。だから彼女たち、ここで働いているからには、いつまでも若い。もっとも、呪術者であるわたしが死ねば、べつですよ。だいぶ先のことでしょうが、その時のことを想像すると、わたしも心が痛む。みな、たちまち死者に戻り、ここも終りです。お客さまも驚かれるでしょうし……」

呪術者のしゃべるのを聞きながら、刑事は考えた。こうなにもかも説明してくれるということは、おれの髪の毛もさっき取られてしまったのかもしれない。そうなったら、おれは命をこいつににぎられてしまうことになる。口外しかけたら、すぐ針をさされるのだろう。

しかし、まだ人形は作られていないのじゃないだろうか。いまのうちだ。いま、この呪術者を殺してしまえば……。

それは刑事としての職務に反することだが、この異様さを社会から除くほうが、もっと大きな義務だ。それに、正当防衛だ。彼は飛びかかる。しかし、呪術者は身をかわし、口笛を吹いた。それに応じ、ドアから数名の男が入ってきて、強い力でたちまち彼をとり押えた。呪術者は言う。

「こいつらは、男ゾンビーです。力が強い。あばれても、むだですよ」

「おれを、どうするつもりだ」

「あなたは、きわめて危険人物のようだ。さっきからの口のききかたから、警察関係者と思える。このままおかえしすると、人形の呪いによる死をも恐れず、事情をよそでしゃべりかねない。それは困るのです……」

　呪術者は鋭いナイフを持ってきた。

「おれを殺すのか」

「そうせざるをえないようです。しかし、そう心配することはありませんよ。あのドラムのリズムにより、すぐよみがえらせてあげます。もっとも、これまでの記憶はすべて消え、わたしの呪文による命令どおりに働くようになりますがね。だが、いままでよりいいんじゃありませんかね。よけいなことを考えないでいいわけです。それに、これ以上としをとることもない」

　刑事は青ざめながら思った。さっきベッドをともにした女との会話、そのなかでの不審な点が、やっと理解できた。しかし、いまになってわかってみても……。

「おれをゾンビーにして、なんにこき使うつもりだ。ここの門番や用心棒にか」

「じつはね、魅惑のお城の、ご婦人むけのを作ろうかと思っているんですよ。そこで働いていただく。この点だって、いままでの人生より、ずっといいと思いますがね」

善良な市民同盟

ひとりの青年があった。職業は、ある不動産会社の別荘地のセールスマン。その不動産会社、一流ではなく、四流か五流、あるいは、もっと下といったところ。固定給はなく、すべて歩合だった。お客に売りつけることができれば、その半分が彼の収入となる。

それでも会社が存続しているということは、すなわち、それがいいかげんな土地だからだ。景色はちょっといいが、交通は不便で気候も悪く、いつ火山の噴火があるかわからぬというところ。一種の詐欺のようなものだ。契約が成立すれば、青年にどっと歩合が入るというものの、いくらかの賢明さを持ちあわせている人はそれにひっかかるわけがなく、収入多大とはいえなかった。

その青年、以前はまともな会社につとめていたのだが、会社の金を使いこみ、くびになった。別の会社に移ったが、そこでもまた使いこみをやり、やがてはその評判がひろまり、どこもやとってくれなくなった。つまり、まともな会社づとめにむいた性格ではなかったのだ。したがって、まだ独身。とても、まともな結婚のできる状態とはいえない。

と、まあ、そんな生活だった。それでも何回かは取引きが成立し、なんとか暮してこられた。そろそろ金もなくなりかけた。また、いいカモをさがし、商談を持ちかける試みをしなければなるまい。

青年は、かつてのまともな会社時代の知人に泣きつき、紹介状を手に入れた。説明によると、六十歳ちょっと前ぐらいの男で、定年退職し、まとまった退職金を持っているらしいとのことだ。

そういう相手がいいのだ。うまくいきそうではないか。巧妙に持ちかけ、まるめこんでしまう。こっちはなれているし、なにしろ金がいるんだ。このカモをとり逃さぬよう、成立までは、注意して大切に扱わなければならない。狙(ねら)いをつけ、青年は訪問した。

「ごめん下さい。あの、ぼく、いや、わたくしは、こういう者でございます。耳よりなお話をお持ちしたというわけで……」

と青年は、口ごもりながら、あいさつをした。立板に水としゃべり押しまくっては、かえって警戒される。いかにも人がよさそうだとの印象を相手に与えたほうが、こう

いう話の進展は、スムースにゆく。そういうことを、彼はこれまでの体験で知っていた。

「わしは退屈で、ひまな毎日なのだ。どんな話かしらぬが、聞かせてもらうとするかな」

と相手の男は言った。白髪まじりで、品がよく、いかにも定年後といった感じだった。青年は腹のなかで、にたりとした。これなら、くみしやすそうだ。そして、その日はあまりくわしい商談には入らず、あなたのような人生体験のゆたかな人から教えを受けたいといったような態度で礼をつくし、でっちあげた素朴な失敗談などを話した。帰る時には、わざと財布をおき忘れた。

これが作戦。相手の男は心のなかで、まぬけなやつだなと思ってくれるにちがいない。すなわち、こっちへの警戒心が、それだけ薄れるというものだ。それにともない、情勢は有利となる。二日ほどして、青年は電話をかける。

「先日はとつぜんおじゃまし、失礼いたしました。あの日、財布をどこかで落し、歩いて帰ったようなわけで……」

「あれはきみのだったのか。財布なら、うちにとってあるよ」

男は答えた。これで再訪する口実もできた。青年は男の家に出かけ、頭をかきながらお礼をのべ、そして言った。

「助かりました。道で落したものだったら、あきらめなければならなかった金です。それを思えば、まるもうけです。お酒をおごらせて下さい。行きつけのバーがあるのです。気らくに飲める店ですよ……」

とさそった。これで、さらに人のいい人間と思われるはずだ。いまは、なによりも演技。商談が成立しさえすれば、すべて回収がつく。それどころか、ごそっと歩合が入る。そのためには、あくまで、ばかにならなくては……。

青年は男をバーへ招待することに成功した。いい気になって酒を飲み、たわいない話をし、だらしなく酔っぱらった。いや、正確には、そうよそおっただけのことだ。さそいのすきというやつだ。

うまいぐあいに、相手の男は乗ってきた。

「きみはいい人間だ。あまり聞いたことのない不動産会社なので、じつは最初は警戒しておったが、いまではそれを反省している」

「いえ、いい人間かどうか、これがわたしの性格でして、それだけのことしなんです」

そうこなくちゃいかんと、青年は内心でしめたと思いながらも、むりに酔いを押えた神妙さといった表情で言った。男は目を細めて言う。

「きみは、あまり世渡りがうまくなさそうだな。損ばかりしているようだ」

「はい。そうなんです。自分でも、いやになるくらいです。同僚や上役の失敗の責任を押しつけられたりし、会社をやめさせられたりし、いつも運の悪いことばかりで……」

「そうだろう、そうだろう。きょうは酒をおごってもらい、楽しかった。あしたでも、うちへおいでなさい。きみにとって、喜ばしい話をしましょう」

「はい。ありがとうございます」

というしだいで、万事順調な進行だった。しめしめ、これでまた契約がひとつ成立だ。当分は、のんびりできる。どうしようもない土地なのに、世の中にはこういうカモもいてくれる。あとは野となれだ。あしたは、めでたしめでたしの日となる。青年はその夜、期待にみちた気分で眠りにはいった。


つぎの日、青年は男の家をおとずれた。

「どうも、昨夜はとんだ醜態をさらしたようで、申しわけございません」

「いや、きみのそういう性格が気に入ったのだ。ごまかしがない。さて、きみにとってのいい話の件についてだが……」

「は、お礼の申し上げようもございません。これはすばらしい別荘地でして、お住みになって快適、値上りも確実でございます。契約書を用意してまいりましたので、あとはご署名と印鑑とをいただければ……」

青年がカバンをあけかけるのを手で制し、男は言った。

「まあまあ、そんなことは、あとでいい。そんなことより先に、きみに見せたいものがある。これだ……」

男は棚の上からアルバムのようなものを取り、青年の前においた。どういうことなのだろう。ふしぎがりながらも青年はそれを開き、ぱらぱらとながめ「あっ」という叫び声を、思わずもらした。

あらためて最初から順を追って眺めなおした青年の顔は、しだいに青ざめていった。そこには一連の写真があった。早くいえば、人間がカサカサになってゆく過程の写真。

まず、皮膚からみずみずしさが失われ、各所にひび割れができはじめる。ひでりがつづいた時の地面のごとく、それは亀裂となってひろがってゆく。青年はからだをすくめ、ちょっとふるえた。写真の人物の水分は失われてゆく一方で、やがて皮膚が古壁のごとくはがれはじめる。その下の肉もすでにひからびた感じで、ぼろぼろと落ちる。ねずみにかじられた雛人形みたいになる。さらに進むと、丸められた紙くずのような内臓がぽろりと出て、その下から骨がみえはじめ……。

そのへんにくると、青年は顔をしかめ、目をつぶり、手さぐりでアルバムをとじ、そろそろと目をあけて言った。

「いやなものですね。どういうつもりなんでしょうか。ミイラがぼろぼろに風化してゆくところを、写真にとるというのは。なぜ、こんな気持ちの悪い、残酷な写真があるのですか。もう、見つづける気がしません」

これは演技でなく、本心だった。詐欺まがいの商売にはなれていても、こういうのにお目にかかるのははじめてで、ショックだった。同時に、こういうのがこの人の趣味なのだろうか、それだったら、いやがって相手の感情を害してはいけなかったなとも気づいたが、急に表情を変えることはできなかった。

相手の男は、平静な口調で言った。

「いやいや、それはミイラではない。これは病気なのだ。生きながらこうなってゆく。からだじゅうの水分が、しだいに失われてゆく症状なのだ。一日ごとに、その変化をうつしたものなのだよ。もっとも、生きながらといっても、この写真の終りのほうのは、死んでしまったあとだがね。内臓が乾いてしまっては、生きているわけがない」

青年は飛びあがりかけた。ミイラじゃなかったのか。そういえば写真の人物は、苦悶の表情をしていた。どんなうめき声をあげたのだろう。乾ききったのどから、声らしい声が出るのだろうか。そう考え、それが聞こえてくるような気がし、青年は気を失いかけた。男はそれを察して、ブランデーを持ってきてくれた。口に流しこまれ、青年はいくらか気をとりもどした。

「なんという、おそろしい病気でしょう。しかし、そんなひどい病気があるなんて、聞いたことがありません。もしそんな病気があるのでしたら、残酷ごのみの世の中、いろいろと話題になっていいはずですが……」

「きみが知らないのも、無理はない。いまだかつて、世界で流行したことのない伝染病なのだからな」

「伝染するんですか、おどかさないで下さい。不安で胸がむかついてきました。でも、変じゃありませんか。伝染病なら伝染するはずでしょう。それなのに、まだ発生したことがないなんて。矛盾しています。この患者はどうなんです」

と青年は質問した。この、悪夢のなかにいるような気分。それを払いのけたい。なにか矛盾をみつけ、それを手がかりに、早く否定して忘れてしまいたかったのだ。冗談だよと相手が笑い出してくれないかな。そう祈るような姿勢で、答えを待った。しかし、男はにこりともせず、まじめだった。

「正確にいうとだな、強い力で伝染し、多くの人をこのような症状にする可能性を持ったビールスということになる。問題は過去でなく、将来にかかわることなのだ」

「どうもよくわかりません。くわしく説明をしていただけませんか。このままでは、気分がすっきりしません。からだのなかで、不安が大きくなる一方です。お願いです」

と青年は演技でなく頭を下げた。契約書のことなど、あとまわしだ。

男は、さっき青年に飲ませたブランデーのびんを傾け、自分のグラスにつぎ、それを少しずつ飲みながら、ゆっくりした口調で言った。

「順序をたてて、はじめから話さなければ、わかってもらえないだろうな。どこから説明したものかな。そもそもだ、善良な市民同盟というものが結成されている。聞いたこともないだろうが、それも当然。これは早くいえば、一種の秘密結社なのだ。だからニュースにはならないが、世界的な規模のもので、組織をひろげつつあるというわけだ。しかし、むやみと会員をふやせばいいというものではない。むしろ、会員は少ないほうがいいのだし、量より質のほうが大切。きみが善良きわまる人間であることは、このあいだからの言動で、わしにもわかった。だから、この話を打ちあける気になった……」

「なんだか、ずいぶん重大そうなお話ですね。しかし、その、なんとか同盟にわたしが加入する気にならず、聞いた秘密を、よそへいってしゃべるかもしれないじゃありませんか」

青年は心に浮んだ疑問を言った。おれがそうしたら、秘密結社が秘密じゃなくなってしまうはずだ。困るんじゃないかな。しかし、男は落ち着いた声でうなずきながら言った。

「いや、きみは必ずはいるさ」

「そういうものでしょうか」

「きみが自己の立場に目ざめれば、きっとはいる。いいかね、いまの世で、善良な人間ぐらい損をしているものはない。悪人の人権は、いろいろと保護されている。どんなに犯罪をおかしても、自分につごうの悪いことは白状しなくてもいいなどというしかけになっている。証拠を残さないように法を破りなさいと、すすめているようなものだ。そうやって成功したやつらが、もてはやされる。世の中、よくなるわけがない」

「ごもっともです。そう思います」

青年は大げさに言った。この人の前では、人のよさを示しつづけなければならないのだということを思い出した。

「善良な弱い人間は、みすてられている。組合とか圧力団体を作り、しゃにむに叫んで要求するやつらばかりが利益をえている。このたぐいがみな悪人というわけではないが、それにくらべて、孤立した善人はあわれなものだよ。善良であるがゆえに、集団を作れない。作ったところで、善良であるがゆえに、むちゃな要求を出せない。声はかぼそいんだ。いつかはむくわれる日もくるだろうとの希望も、このごろでは、可能性がへる一方だ。善人は、ふみ台にすぎない。口先で適当に同情しておき、腹のなかでは笑って利用してやればいいんだ。この風潮は、ますますひどくなる」

「はあ、おっしゃる通りです」

べつに反対すべき点もない。男は深刻そうな表情になりながら、話しつづけた。

「いくら待っても、救いはこない。遠ざかるばかりだ。あわれな話ではないか。こうなったら、善良な人間はその救いを引きよせ、自分の手でつかみとらなければならない。いまここで、善良な人間たちが手をとりあって、なんとかしなければならないのだ。といって、核兵器をいじくるわけにはいかない。あれは、善悪の区別なく破壊してしまう。イデオロギーというのも、なんの保証にもならぬ。どんな体制でも、要領のいい腹黒いやつがとくをし、善良な人間がばかをみるとの原則は同じだ。神の救済も信じられない。きみは神が救って下さると思うかね」

「そういうものは信じられませんね。もっと具体的でないと……」

「だからといって、このまま現状の進むにまかせておくわけにはいかない。善良な人間はへる一方、悪人はふえる一方。この悪貨が良貨を駆逐する傾向を、なんとしてでも逆転しなければならない。さもなければ、遠からず世界は破滅だ。世の終り。ここで、ぜがひでも最後の審判が必要となる」

「最後の審判ですって……」

予想もしなかった言葉が出てきたので、青年はおうむがえしの声をあげた。男は照れたような笑いで、言いなおした。

「ちょっと、形容が大げさだったかな。狙いはそうなのだが、最終的な総決算ではないのだから、そこがちがう。いちおう、善良な人間の優位を回復させる運動なのだ。ノアの箱舟計画とでも呼ぶべきかな。うん、このほうがわかりやすいだろう。いずれにせよ、この大手術がなされてこそ、善人がその価値にふさわしい地位につけ、新しいルネッサンスの時代がやってくるというものだ……」

男はブランデーのききめも加わってか、いささか声に力がこもった。青年はまじめな演説のつづくのに、いくらかもどかしくなって、先をうながした。

「世の乱れをなげく主張はわかりますが、それだからどうだとおっしゃりたいのですか」

「話を飛躍させてもいいが、また質問されてもとへ戻るのもめんどうだ。だから順を追って話しているわけだが、もうすぐ核心だよ。そんなわけで、善良な市民同盟というのができた。ある国でといっておく。ある人の遺産をもとに、秘密の研究所が作られ、ひとつの計画がたてられた。関係者は熱心だった。ただの利益追求ではないので、力の入れかたがちがう。そして、その結果、あるビールスが開発された。すでに存在するビールスに、放射線照射と化学的な処理とが加えられ、それが変異し、ＧＷビールスというものができたのだ。グッド・ウイル、好意という意味の略だよ。人体実験もおこなわれた。厳重に密閉したなかで、それに感染させられた患者。すなわち、さっきの写真がそれなのだ」

それを聞き、青年はさっきのアルバムに、ちらと目をやる。しかし、開いてもう一度、眺めなおす気にはなれなかった。すでに頭のなかに、鮮明に焼きついてしまっている。その印象をさらに強めたくはないのだ。青年はふるえ声で、こう口に出しただけだった。

「なんと恐ろしい……」

「そう、たしかに恐ろしい。しかし、恐怖や絶望でふるえることはないのだ。そのビールスに感染しないですむ、予防ワクチンも作られているからだ。というわけで、必ず死ぬというわけではない」

男は軽く笑い、青年はため息をついた。

「そうでしたか。ほっとしました。しかし、わざわざ危険なビールスを作り、その予防ワクチンまで作る。よけいで不必要な手間の産物、といった気がしますね」

「そうかね。ちょっと頭を働かせれば、わかるはずだがな。いいかね。善良な市民同盟のものだけが、その注射をしておく。そして、時機をみはからって、UWビールスをばらまく。世界じゅうにだ。生き残るのはだれか、わかるだろう。まん、一掃されるのが、どんな連中であるかも……」

「悪質な連中が一掃される……」

「ご名答、ご名答。だれかの名言に、こんなのがあった。なにかが発明されると、天使たちがその利用法を相談してきめかねているうちに、悪魔のほうがさっさとお先に利用してしまう、という言葉だ。たしかに今まではそうだったが、こんどだけはちがうぞ。天使の側が先に使うのだ。人種だの、国家だの、地位だのを超越して、善人だけがピックアップされるというわけ。すばらしいではないか」

「はあ」

「また、副産物として、人口爆発を防ぐという、いい結果もある。問題になりかけているが、世界がいまのままだと、加速度的に人口がふえ、地上がラッシュアワーのごとくなり、食料の奪いあいとなる。そんな時には、善人からまず被害を受けるにきまっている。その解決にもなり、善良な人間だけが残るのだ。ひろびろとしたところに、おだやかな人間ばかり。天国が現実となるのだよ……」

　男は夢みるような目つきになり、酔いがさらにまわったらしく、たのしげな笑い声をあげはじめた。青年も笑いかけたが、それを途中でやめ、おそるおそる聞いた。

「つまり、ほかの人たちはみんな死んでしまうわけですか」

「人だなんて思うな。悪魔の子分たちだ」

「しかし、それにしても、ひどすぎるんじゃないでしょうか。ヒューマニズムということもありますし……」

「そこがきみの人のいい点でもあるのだが、非常の際なんだ。そんなこと、かまってはいられない。こっちの身が危なく、正当防衛で敵をやっつけなくちゃならない場合、ヒューマニズムなんて言ってては、おかしいぜ。未来への運命の、分れ道に立っている。箱舟に乗ったノアの心境を考えてみなければいけない。ノアが大洪水の時に、人情におぼれて、だれかれかまわず舟に乗せてやったら、どうなった。乗りすぎて沈めば全滅だし、沈まなかったら大洪水をひき起した神のねらいは無意味となった。善悪いずれへ進むかの決断、それをしなければならない時というのは、あるものだよ」

「そういうものかもしれませんね。しかし、そのビールスがひろまったら、ひどい光景になるんでしょうね。あの写真のようなのが、あたり一面に発生するとなると……」

青年は顔をしかめた。頭のなかで、不快な映像が押しあいへしあいしていた。

「ああ、わしだって正直なところ、内心それを考えると、いい気持ちではない。通過しなければならない過程ではあるがね。中世のペストの大流行のような悲惨さだろうな。突如としてはじまる、水分の失われてゆく症状。急速に伝染し、対策の立てようもない。予防注射をしてないやつらは、だれもが乾いたのどから、かすれた悲鳴をあげ、苦しみながらパサパサになって死んでゆくのだ。はげ落ちた皮膚は風で散り、ひらひらと空中を舞うかもしれない。生きながら風化してゆく。なかには、密閉した室内にとじこもって、なんとか助かろうとするやつもあるだろう。だが、それにも限度がある。ポーの小説『赤い死の仮面』のごとく、どこからかビールスは侵入し、感染し、倒れてゆくのだ……」

「いやなものですね」

青年は胸のむかつくのを押えながら言った。しかし、男は首をふって、少し笑う。

「だがな、このパサパサになるという点が救いだよ。それと逆に、水分が体内でふえ、ぶよぶよになって死ぬビールスだったら、生き残る側にとっては、たまったものではない。死体の群れからは悪臭がただようだろうし、けつまずいた時の感触もぞっとするものだぜ……」

「それもそうですね」

「なにしろ、これは乗り越えなければならない段階なのだ。中世のペストは、その人口減少の結果として産業革命をもたらした。このGWビールスは、善の支配する新しい世紀を、もっと的確に作ってくれるのだよ。こんな説明で、だいたいの事情はわかってもらえただろう。さて、きみはそういう未来がいやかね。GWビールスに感染したいかね」

男に返答をせまられるまでもなく、青年の心はきまっていた。

「いえいえ、とんでもないことです。感染だなんて、考えただけで頭のなかに金属音がします。助けて下さい。そんな目にだけは会いたくない。どんな要求にでも従います。入会金は高いんですか。条件はきびしいんですか」

「まあ、落ち着きなさい。入会金なんかは不要だよ。金持ちを生き残らせるのが目的ではない。考えてみなさい。GWビールスによる第二のノアの洪水のあとでは、金なんかいくらでも拾いほうだいだ。善良な人間であれば、それでいいんだ。それが資格。しかし、条件はひとつだけあり、守ってもらわなければならない」

「なんでしょうか」

「秘密厳守さ。この計画がもれてみろ。悪人側は、ほっておかない。例によって、正義人道という虚偽の旗をふりかざし、たちまち善良な市民同盟の弾圧にかかるだろう。草の根をわけてもさがし、処刑するにちがいない」

「その通りです。わかりました。ぜひ、よろしく……」

　青年はとりすがるような姿勢になって、たのんだ。土地を売りつける件など、もうどうでもよくなった。

「そう泣き声を出すことはない。わしはきみをみこんだからこそ、この話をしたのだ。加入させてあげるよ。では、わしの教える医者に行きなさい。そして、わしの紹介だというのだ。ワクチンの注射をしてくれる。しかし、きょうはもうおそいな。あすの午前中にしなさい。道順はだな……」

男は道順を教えてくれた。

「はい、ありがとうございます。なんとお礼を申しあげたものか……」

その夜、青年は悪夢にうなされつづけた。からだが乾燥してゆく恐怖につきまとわれ、のどや胸を眠りながらかきむしった。


しかし、朝になって目がさめると、悪夢は消え、すがすがしい気分をかみしめることができた。おれは助かるのだ。同盟に加入できたのだ。

なすべきことは、早く片づけてしまったほうがいい。青年は教えられた医院へかけつけた。小さな医院だった。医師に会って紹介者の名を告げると、すぐ承知してくれた。

「そうでしたか。よかったですなあ。わたしの苦悩はおわかりでしょう。医師としての良心と、善人を残すという使命との、板ばさみの毎日です。注射ができる人を迎えると、うれしくてなりません。おたがいに力をあわせて、新しい世紀を築きましょう」

「あの、あまり急いで家を出たので、健康保険証を忘れてきてしまって……」

「そんなもの、いりませんよ。わざわざ記録に残し、役所に不審がられることもないでしょ。無料です。金銭めあての仕事じゃありませんよ。さあ、すぐやりましょう」

注射液が青年の皮下に注入された。ほっとする思いが、からだじゅうにしみこむ。

青年は聞く。

「きょうは酒を飲んではいけないとか、お風呂に入ってはいけないとか、注意すべきことがありますか」

「きょうは酒をやらないほうがいいでしょう。あ、もっと大切な注意があります。このワクチンの有効期間は約一年。つまり、一年ごとに注射をしなければなりません。そのあいだに除名されたりしないよう、注意なさって下さい。除名された人には、もはや注射をしてあげられません。泣きつかれ、情にほだされてそれをしたら、その医師も除名されるのです」

「そういうことでしたか。わかりました。よく注意します」

青年は医院を出た。安心感はあるが、ワクチンの有効期間のことが頭にひっかかっている。除名されでもしたら、ひどいことになる。なにも知らずに感染して死ぬのなら、まだいい。しかし、ワクチンの効力がなくなったことを知り、いつ感染するかの恐怖におびえながら審判の日を待つとなると、これ以上の苦痛はないだろう。

どんなことをしたら、除名されるのだろう。考えられる第一は、善良でないと判断された場合だ。同盟がどんな組織で、決定権をどんな人が持っているのかは知らないが、あいつは善良でないとの証拠と報告が提出されたら、除名ということになるにちがいない。

そんなことを考えているうちに、青年は不安になってきた。あの男のごきげんをとっておいたほうが、いいんじゃないかな。いいかげんな土地を売りつけようとしてたことがばれたりしたら、烈火のごとく怒るだろう。よくないことになりそうだ。

青年は、男の家をおとずれて言った。

「おかげさまで、わたしも生きがいを得ました。しかし、それはともかく、大変なことに気がつきましたので、急いでご報告にかけつけたわけなのです。つとめている不動産会社のいいかげんさが、判明したのです。あの土地は、なんの価値もないところだとかで。もう少しで、あなたさまにお売りしてしまうところでした。おわびのしようがございません」

頭を下げ、半分は正直に告白し、半分は自分に責任がないようていよくごまかし、事情を話した。しかし、男は怒るどころか、にこやかに言う。

「よく知らせてくれた。お礼はわしのほうで言いたい。きみはやはり、悪事のできる人間じゃなかった。わしの人を見る目もまちがっていなかった。きみはこの同盟の一員にふさわしい人柄だ」

「はあ……」

「その会社がどういいかげんなのか、どう悪質なのか、もっと知りたいものだな」

「はい、ご協力いたします……」

青年はひきうけた。善良な市民同盟への報告に、必要なのだろう。そのお手伝いをしておけば、それだけ、おれの善良さが証明されるというわけだ。

青年は不動産会社の内情をさぐり、せっせと報告をはこぶ。商売のでたらめさ、脱税のからくり、みんな話した。

「というわけなのです。まさに悪質そのものといえましょう」

「なるほど。よし、それをたねに、金をいくらか巻きあげてやろう。悪人をいじめるのは、われわれの同盟の目的にもそう。また、同盟のための資金もいるのだ。ここが問題なのだよ。大がかりに金を集めるのなら、どこかの国家を相手に、ビールスでおどすという手もある。だが、それはことを表面化し、悪人側に対策をたてられてしまう。金で入会者を集めるわけにもいかず、同盟としてもつらいところなのだ」

「わかります」

青年はうなずく。男は出かけ、かけあい、金を取ってきた。その一部を青年にわけてくれ、これでちゃんとした生活に戻り、審判の日を待てと言った。

青年は男のせわで、小さな会社の事務員に就職した。収入はしれたものだが、まともな生活だった。それに、なによりも精神的な安定がある。自分は、選ばれた人間なのだ。ほかのいいかげんなやつらは、要領よくやっているつもりだろうが、やがて来る審判の日には、悲惨な目にあうのだ。それを考えると、心にめばえかける現状への不満も、すぐに消える。青年は善良になったし、ずっと以前から、自分は善良そのものだったような気にもなるのだった。

気がかりな点はひとつ。なにか政治的な運動に使われるのではないかということだ。指令がとどき、無理難題を命じられたら、どうしよう。ビールスで死ぬのはいやだし、意にそわぬことにかりたてられるのもいやだ。しかし、べつにそんな指令ももたらされなかった。青年は、ひとりうなずく。なるほど、これは思いすごしだったようだな。政治運動なんかする必要はないのだ。会員をふやしたり、社会改造にはげむという、古くさいやり方はしなくていい。審判の日がすぎれば、あとはわれわれの自由に、すべてが作りなおしできるのだ。

青年の日常は、とくに景気がいいとはいえなかったが、幸運だった。やすらぎの時が流れ、やがて彼は恋をした。青年の心境にふさわしく、静かで感じのいい女性だった。しかし、審判の日のことを考えると、決意がにぶる。これ以上に恋心をつのらせたら、その時に苦しみがますばかりだ。もし結婚してでもいて、おればわかりが助かるのでは……。

ふみきる決心がつかない。彼のそのにえきらない態度に、女はひかえ目ではあったが不満をもらした。

「あなた、どういう気持ちなの……」

「じつは、ぼくも苦しみながら迷っているのだ。心から愛している。そのための苦しみなんだ」

「愛があれば、こわいものはないはずよ」

「よし、こうなったら、なんとしてでも、きみと人生をともにしたい。これから、ある人のところへいっしょに行こう。善良な市民同盟に、きみも加入させてもらうのだ」

青年はとまどう女の手を引っぱり、例の男の家へ行った。そして、事情を話し、彼女の加入をたのみこんだ。

そのとたん、男は言った。

「おい、約束を破ったたな。唯一の条件だったはずだぞ、他人に話すなというのが……」

「しかし、お願いです。どうか、このわがままだけは……」

「だめだ。甘えは許されない。わしは知らん。もう、きみとはなんの関係もない……」

「心からお願いしているのですよ。彼女が善良なことは、命にかえても保証します」

「もう、なにを言ってもむだだ」

「だめだと言っても、腕ずくでも……」

「刃物をふりまわすつもりか。勝手に暴力をふるったらいいだろう。わしは殺されても平気だ。あれで苦しんで死ぬより、はるかにいいものな。そのかわり、おまえはだな、審判の日を恐怖におののきながら迎え、悲惨な運命をたどるのだ。そのことを忘れるなよ」

「あ、あやまります。お許し下さい。この女とも別れますから……」

青年はひれ伏し、泣いてたのんだが、男はそっぽをむいたままで、返事もしてくれなかった。

青年は力ない足どりで、その家を出る。生きながら死人になったような表情だった。

おれが考えていた以上に、同盟はきびしい組織だったのだ。あの男も、情におぼれたら自分まで除名されることを知っているのだろう。だから、ああせざるをえなかったにちがいない。

そのようすを見て、女はあきれ、あいそをつかした。わけのわからない会話をし、泣きつき、あたしと別れると口走り、そのあげく、人が変ったみたいにうなだれてしまうなんて。どうかしてるんだわ、この人。

青年の心からは、平静さが失われた。すばらしい未来へむかう舟から、おろされてしまったのだ。彼の不安は、高まる一方だった。注射をした時から一年目が、まもなくやってくる。無理だと知りつつ、あの医院をおとずれてもみた。しかし「そんな医師は知りません」との、そっけない返事。すでに、ここにも除名の連絡がとどいているのだろう。医院の玄関で必死にねばりつづけたら、警察に電話をかけられ、かけつけたパトカーに、むりやり連れ出された。

それでも青年はあきらめず、警察で事情を訴えた。もうこうなったら、同盟の敵側にまわってやる。なにがどうなってもいい。あのすさまじい死だけはごめんだ。警察の力で、予防ワクチンを手に入れてもらおう。

しかし、警察は相手にしてくれなかった。

「いいとしをして、なにを、うわごとみたいなこと言ってるんです。変な夢でも見たのか、酒の飲みすぎかでしょう。帰宅してよく眠ることです」

にが笑いされるだけだった。それならばと青年は、つぎに新聞社にかけこんだ。だが、そこでもまた、いいかげんな扱いだった。ねばりにねばると、記者のひとりは、男の家に電話をしてくれたが、なんのたしにもならなかった。あの男は電話のむこうで、なんにも知らないと笑いとばしているらしかった。

いてもたってもいられない気分。青年はなにもかも売り払い、貯金をおろし、金を持って大きな病院へと出かけた。

「お願いです。入院させて下さい。GWビールスのために、まもなく死ぬんです。助けて下さい……」

半狂乱の口調ですべてを話し、診察を求めた。病院の医師は診察をしてくれた。料金の前払いをしてくれたとなると、患者は患者。入院をことわることもない。

注射から一年目の日が徐々に迫ってきた。そして、過ぎた。もはやワクチンの効力は切れたのだ。恐怖はたえがたいほどになった。

ある日、青年は自分の手を見て、皮膚が乾いているのに気づいた。あわてて大量の水を飲む。だが、皮膚の乾燥は進み……。

救いを求めて、まわりを見まわす。しかし、医師や看護婦たちは、落ち着いている。青年は、はっとする。ということはだ……。

さては、ここの医師や看護婦たち、みな同盟の加入者だったのだな。そうでないのは、おれだけなのだ。あるいは、病院のそとの街では、だれかが死にかけているのかもしれない。だが、見はなされた者は、ごく少数なのだ。みなが平然と、おれを見ごろしにする。

かつて、同盟に加入していることによる優越した安心感が、いまや完全に逆になっている。おれだけが、みじめな死に方をしなければならないのか。暗い底なしの井戸へ落ちてゆくようだ。手を見つめなおすと、亀裂(きれつ)ができかかっている。

青年は絶叫し、大あばれをした。

青年は病室を移された。神経科のほうへと。医師たちは手当てをし、それは半年ほどつづけられた。医師はくりかえして告げる。

「いいですか。あなたは、ずっと生きているでしょう。変な妄想にとりつかれているだけです。手の皮膚の亀裂なんか、ないじゃありませんか。ほら……」

それを青年になっとくさせ、妄想を少しずつ取り除いていった。それがききめをあらわし、快方にむかい、やがて青年は正常に戻った。

なおったのだ。ＧＷビールスという、ありもしない病気への妄想も消えた。しかし、回復といえるかどうか。女も金も失い、借金だけが残った。それに、ずっとだまされつづけていたという屈辱感、自分のばかさかげん。正常に戻れば戻ったで、このくやしさは心の傷を大きくする。

うらみをはらそうと男の家をたずねたが、もはやどこかへ越したあとだった。ペテン師で、ゆすりの名人であるといううわさだけが残っていた。注射をしてくれた医師もいない。どうやら、休診の日に医院にやとわれた留守番だったらしい。ぐるだったのだろう。いうまでもなく、あの一連の写真もつくりものだったにちがいない。やつは、おれを紙くずのごとく利用しやがった。なんという残酷なやつらだ。

あの男への紹介状をくれた知人に会ってみると「どこかのバーで名刺をもらい、手にあまるセールスマンがいたら、こっちへよこしてくれ、そういうのに会うのが趣味なんだ、と言われた。それで紹介状をあげたわけだが、どうだったい」との返事。

うらみは、どこへもぶつけようがない。青年は以前のいいかげんな生活には戻らなかった。うまれ変ったごとく、勉強に熱中し、寝食を忘れ、真剣にとりくみ……。

ある日、あなたの家を、ある人物が訪問するかもしれない。それとも、なにかの機会でつきあいはじめるかもしれない。そいつは、巧妙にささやきかけ、ノルハムを開く。

そこには、人間が徐々に狂い、自己を押えきれなくなり、ついには自殺に至る一連の写真がはってある。そして、あなただけはこうなることから救ってあげる。それについてご相談をと切り出す……。

それはただの、金もうけのペテンかもしれない。しかし、もしかしたら、彼があの体験からヒントを得て、狂気の時期を通過したあいだになにかをつかみ、伝染的集団催眠で人びとを狂わせて自殺に追いやる方法と、それを防ぐ特殊な方法とを現実に開発したのかもしれない。はたしてどちらなのか。それはあなたの判断にまかせるしかない。

新しい政策

よいの口といった時刻。私は伯父の家にいた。私の住むアパートから、さほど遠くないところにある家だ。酒をごちそうになっている。私は酒が好きなのだ。酒が飲めるのなら、どこへでも出かけてゆく。雑談をしながら、伯父夫妻もいっしょに飲む。十七歳になるこの家の息子は、まだ酒の味を知らない。つまみをかじりながら、ジュースを飲んでいる。

玄関のほうでブザーが鳴り、男の声がした。あいそのいい口調。

「ごめん下さいませ。ちょっとお話が……」

おしゃべりと酔いをじゃまされた。伯母は玄関に行き、不快げに応対した。

「なんのセールスマンかしらないけど、まにあってるわよ。これ以上なにかを買ったら、こっちには置き場がないし」

「そのようなご心配のないものです」

「いったい、なんのセールスマンなの」

「売春公社から参りました」

男は答え、伯母はあわててあやまった。

「あら、そうだったの。失礼なことを言ったりして、ごめんなさい。いそにあいそがよくなったんで、あたし、かんちがいしちゃったのよ」

「公社ともなれば、利益をあげなければならない。お客へのサービスを心がけようということに、なったわけです。といっても、追い返せない法的な裏付けのあることは、これまでと同じですがね。だからこそ、お客さまにいやな感じを与えないよう、サービスを強調することになったのです」

「利用者にとっては、そのほうがいいわ」

「さて、奥さま。きょうは、どんな相手がよろしいでしょう。バスで連れてきた連中のなかの、男性の写真のアルバムです。このなかからご指名を。ご主人には、この女性写真のアルバムを。それから、こちらには、お坊ちゃんがおいででしたね。お坊ちゃんのお相手は、このアルバムのなかからどうぞ。早いところ、おきめ願います」

いやもおうもないのだ。これを拒否したら、重罪になり、へたをしたら強制収容所に送られることになっている。伯父一家は健全な常識の持ち主であり、それぐらいは、わきまえている。

「きょうは、こんなところにしておくかな」と伯父が言い、伯母は「あたしはこれ」息子は「ぼくはこれでいいや」と、それぞれアルバムの写真を指さす。義務だから仕方ないとの、無感動の口調。しかし、公社員も、そこまでは文句もつけられない。

注文がきまると、公社員は道にとめてあるバスに戻り、それぞれの相手役を連れてまた室内へはいってきた。室内を占領していては悪いので、私は帰ることにする。

「では、またきます。きょうはごちそうさま。このお酒のびんはもらってゆきますよ」

そとへ出ると、となりの家では仕事が終ったらしく、公社員が家人に請求書を渡しながら話していた。

「はい、これがきょうの代金の、請求書です。この金額を、月末におたくの銀行口座から引きます。預金額不足なんてことがないようにね。ここにサインを。では、まいどありがとうございます」

自分のアパートへ歩いて帰りながら、私は思う。公社はずいぶん巨額な金を動かしているんだろうな。大金を吸い上げている。むかしは、おそらく有史以来だろうが、売春ぐらい課税しにくいものはなかった。まあ不可能と思われていた。それがいまや、売春の脱税はなくなってしまった。個人営業の売春が禁止されているのではないが、やるやつなどない。公社の押売り的な売春が、こう間断なくおしよせているという、げっぷの出るような状態のなかでは、お客のつくわけがない。

　公社はその巨額な利益を政府に提出し、おかげで、だいぶ税金が安くなった。たとえば酒の税金もいくらか下り、私はうれしい。世の中もよくなった。暴力団など、消滅してしまった。情欲産業を政府がとりあげてしまっては、暴力団の資金源はもはや断たれたにひとしい。夜おそく、街をうろつく青少年もいなくなった。あまり留守をつづけると、売春公社を忌避しているとにらまれ、いい結果にならないのだ。公社からの押売りを買ったあとの外出は自由だが、そんな気にもならないのだろう。

　私がアパートに帰ると、ドアのそとで公社員が、ひとりの女を連れて待っていた。

「いまお帰りですか。お留守なのであしたにしようかと思いましたが、ちょうどよかった。ほかの部屋のかたに配給してしまい、いま残っているのはこの女ひとりですが、これで片づけちゃって下さいませんか。わたしも助かるし、あなたも助かる……」

「よしきた」

　私はその女を室内に引きいれ、ベッドの上で簡単にことをすませ、送り出しながらドアのそとで待っている公社員に言った。

「すんだぜ」

「早くすませていただいて、ありがたい。最近は長く時間をかける人がへり、助かりますよ。はい、これが請求書。こういう書類は、なくさないよう願いますよ。税金の経費控除の時に必要ですから。では……」

この街区の仕事がすんだのか、売春公社のバスは去っていった。淫蕩なメロディーが遠ざかってゆく。部屋の窓からそとを眺めると、商品広告のネオンが、卑猥な図形を夜空にきそいあって点滅している。もっとも、淫蕩とか卑猥とか感じたのは最初のうちだけで、いまはだれも、そんなふうに感じはしなくなっているのだろうが……。


私はベッドの上に戻り、伯父の家から持ってきた酒を飲みながら、ぼんやりと考えごとをする。なんということなしに、あの日のことを思い出す。

当時、私はあるテレビ局のディレクターだった。生放送のショー番組の担当だった。しかし、どうにも視聴率があがらず、それで頭を痛めていた。上部からは視聴率を高めろと強い命令。「それならまる裸を出すしかありません」と答えると、それに対してはうやむや。それをやった場合の、世論の反撃がこわいのだろう。いくじなしめ。だったら、視聴率に文句をつけるなってんだ。

しかし、低視聴率は、自分にとっても不快なことだ。やはり、さりげなく、いとも芸術的に裸のシーンを挿入するのがてっとり早いんだろうな。出演者にリハーサルをやらせながら、私は台本をめくり、どこにそれを加えようかと考えていた。自己の責任で決行してしまおう。批難もあるだろうが、なかには、よくぞタブーに挑戦した、あれは芸術だと、進歩的紋切り型であっても、ほめてくれるやつがいるかもしれないものな。だが、こういうことは、なかなか勇気がいることなのだ。私は迷っていた。

その時だった。

スタジオのなかに、兵士たちがどやどやと乱入してきた。彼らの階級がどうなのか、私には見当がつかなかったが、兵士たちであることはたしかだった。兵士役のタレントであるか、本物の兵士であるかぐらいは、ディレクターである私にわかる。みなが手にしている銃が小道具でないことも。呆然としていると、一隊の指揮者らしいのが、腰の拳銃をいじりながら言った。

「この番組の責任者はだれだ」

「わたしです。どんなご用ですか」

「われわれは社会の現状にあきたらず、同志が計画し、改革のために決起した。クーデターだ。すでに都市を制圧、政府の権限を掌握した。各マスコミ機関にむかっても、同時に行動をおこし、このテレビ局は、われわれの部隊が完全に占拠したというわけなのだ」

「それは知りませんでした」

「電光石火で行動すれば、クーデターは成功するものなのだ。大衆は、だれしも命が惜しいものな。きさまはどうだ」

命を捨てるのが好きなやつなど、いるわけがない。私は言った。

「どうか、お手やわらかに。で、番組を中断して臨時ニュースを流せとでも……」

「いや、政府はすでに、われわれの手中にある。あわてることはないのだ。このショー番組を放送してもいいぞ。ただし、きさまが頭のなかで考えている形でな……」

「どういう意味でしょう」

私は、相手の真意をはかりかねた。すると指揮官は言った。

「台本も音楽も、そのままでいい。しかし、出演者全員を、裸にしてやるのだ。いやならこの番組を中止し、われわれの用意のビデオで代用するが、新政権には協力的なほうが身のためだぞ」

あと二、三の問答があったが、武装した兵士たちに対しては、反抗しないほうがいい。しだいに、やけくそになってきた。出演者たちも、強くは反抗しなかった。いまや世の中、いくじのないやつばかりなのだ。あるいはこのごろの出演者たち、裸になるのが平気なのかもしれない。われわれは要求に従い、そして、その通りの放映となった。もしかしたら、視聴率の新記録となるかもしれない。私はちょっと、そんなことを考えた。

まさしく革命的なことだった。この瞬間を境にして、古い秩序が崩れて、時のかなたに消え去り、新しい世紀が出現したのだ。しかし、そんな認識どころか、その時は無我夢中、極度の緊張のうちに、番組は終了した。そのへんの電話はひとつも鳴らなかった。交換台も占拠され、抗議電話の取次ぎが禁止されていたのだろう。

その次の番組として、クーデター部隊の持ってきたビデオが放映された。いわゆる、いかがわしいビデオ。温泉地などで、ひそかに高い金をとって上映されたという、あのたぐいのやつだ。それがいま、非合法から合法の世界に移ってきたのだ。

それは社会に対し、はなはだしく衝撃的な事態のはずであり、事実そうだったのだが、衝撃がそういつまでも衝撃的でありうるはずがない。なにしろ、それから連日連夜、そのたぐいが放映されつづけているのだから……。

テレビ局ばかりでなく、新聞社や雑誌社も、クーデター部隊の支配下になった。いかがわしい記事やグラビアが、どのページをも占めた。またクーデター部隊についての記事ものった。それによると決起の旗印は「情欲こそ、愛であり連帯であり平和であり、原始生命力への回帰であり、文明の原点である」ということにあるのだそうだ。都会の東の郊外にある部隊のなかで、その新社会実現への計画がねられ、この行動になったという。

あまりに電光石火、あまりのことに人びとは驚き、ついで呆然となり、そのすきに政府は革命委員会の権限下に移り、呆然からさめた時は、だれもこの体制になれてしまっていたというわけ。個人財産尊重の公約はまもられ、そのため、抵抗が少なかったともいえた。

革命委員会は「大衆の要求を先取りし、それを理想的な形で社会に提供し、奉仕しているのである」と張り切って仕事に熱中している。大衆はこれが好きなはずだとの、固定観念にとりつかれた形。

私はテレビ局でのすなおな応対ぶりが気に入られたのか、引き抜かれ、いまは臨時革命司令部に直属する、文化部長の地位にある。さほど収入がふえたわけではないが、移ってよかったと思っている。あの日以後、一時的なブームが過ぎると、テレビ界はいやに不景気になっている。番組がすっかりマンネリ化してしまったのだ。

朝の出勤。私も普通のつとめ人と同様に、八時ごろに家を出ることにしている。だが、これも、いまやなれてしまっている。なれればなんでもなくなること、ラッシュもまた同じ。それに、車内での行事も……。

新しい法令で、だれでも外出の時は、十枚の小さなカードを身につけて家を出なければならないことになった。まさに、文字どおり身につけてだ。皮膚と下着とのあいだに、それを入れておく。なんのために。もちろん他人に取らせるためだ。すなわち、人は他人のそれを、取らなければならないのだ。

こんだ電車に乗ると同時に、私はそばの女性の下着のなかに手をさしこみ、カードをさぐる。カードがあった。それを引き出し、自分の胸のポケットにしまう。スリに取られないよう注意しながら、つづいて、もうひとり。早いところ、規定の枚数を集めてしまったほうが、気が楽だ。事務的そのもの。美人かどうか、若いかどうかなど、かまっているひまはあるものか。もちろん、最初のうちは、目もくらむような刺激と興奮の行事ではあったが……。

だれかが私の下着のなかに手を入れ、カードを抜き出していった。そのついでに、こちょこちょとくすぐりやがった。あははと笑わされる。この平凡化した行事になんとか変化をつけようという、こまやかな神経を持った女性だろう。どんな人か、ふりむいて顔を見るのはめんどくさかったが。

このカードは各個人がこうして集め、定期的に役所に提出し、そこでコンピューターによって集計される。それは革命政府への忠誠度の参考にされる。しかし、そういう堅苦しい面だけではない。たくさん集めると、その枚数によって、景品がもらえるのだ。性の解放という目標のためには、こういった計画もまた必要なのだ。

ラッシュの車内で、男の声がした。

「あれ、この女、いま乗ったばかりなのに、カードを身につけてないぞ」

「あたしが魅力的なので、たちまちのうちに、なくなっちゃうのよ」

と女が弁解したが、男は不審げだ。

「おかしいな。以前なら魅力的な女性がまっさきに狙われたが、いまどき、そんなことはないはずだ。はじめから身につけていなかったんじゃないのか。アンフェアーだ。おれは薄給のサラリーマン。カードを集めて景品をもらうのが、楽しみなんだ。それなのに、こんなことってあるか……」

言いあいがはじまった。だれかが車内のベルを押し、車掌が人ごみをかきわけてやってきて、検札をはじめた。近くの人たちの集めたカードを調べたが、その女からのカードはなかった。車掌は女に言う。

「困りますね。カードを身につけず乗車するなんて、規則違反ですよ」

「すみません。忘れてきちゃったの」

青ざめて答える女を、車掌は許さない。

「忘れたじゃ、すみませんよ。通勤者は、だれでも最も注意すべきことです。あなたはこの行事に反感を持っているのでしょう。純潔主義者の疑いがある。わたしはあなたを、鉄道公安官に引き渡す義務がある」

そして、つぎの駅で女を引っぱりおろした。そのあとの車内、知りあいどうしか、こんな会話をかわしている人たちもある。

「あの女、有罪になるんでしょうね。そして、売春公社の監督下で、何年か働かされることになるんでしょうな」

「たぶんね。あるいは、もっと重刑でガス室送りとなるか……」

臨時革命司令部の文化部長というのが、私の地位だ。テレビ局にいた時にくらべ、ずっと楽だ。テレビ局の時は、上役だのスポンサーだのタレントだの、周囲から文句のつけられっぱなしだったが、ここでは上は革命委員会だけとくる。そのごきげんを損じないよう、気をつけていればいいのだ。あとは、適当にいばっていればいい。酒を飲みながらでもやれる。いい気分だ。私は部下に言う。

「おい、ほうぼうの生産会社への通達は、ちゃんとやってあるか」

「はい。製品の形、容器、色彩、コマーシャル、すべてにわたって、もっと卑猥にしろとの通達ですね。やってあります。しかし、工業デザイナーの不足とかで、実現はおくれているようで……」

「進行していればいいのだ。少年部隊の活動状況のほうは、どうだ」

「はあ。順調です……」

部下が報告する。子供を組織し、おだて、旧思想の摘発をやらせるという方法。むかしのヒットラー・ユーゲント以来、強引な政権交代があるたび、よく使われた手だ。このたびも、その陳腐な方法が採用されたというのは、ほかに、それ以上の名案が浮かばなかったせいだろう。子供というものは、おとなをやっつけたくてたまらないのだ。だから、それへの大義名分をもらうと、大喜びでそれに熱中する。それに熱中させておけば、ほかのよけいなことを思考せず、政権にとって、こんなつごうのいいことはない。

少年部隊は街へくりだし、気にくわぬおとなをつかまえ「おまえは旧思想の持ち主だろう。純潔が好きそうな危険人物の疑いがある」と詰問（きつもん）する。愚連隊に因縁をつけられたのと同じで迷惑なことだが、公認の行為となるとすげなくもできない。「はい、旧思想の持ち主です」と答えるやつのあるわけがないが、それが形式なのだ。子供たちは「いや、そうにちがいない、自己批判を求める」と黄色い声で大さわぎ。あげくのはてピンク色の小冊子をつきつけ「忠誠心のある証拠に、これを大声で読め」と言う。

その内容は、卑猥きわまる文句の羅列。おとなは赤くなり、口調が乱れ、子供たちは大喜びではやしたてる……。初期にはそうだったが、いまや万事が形式化し儀礼的になってきた。何回もくりかえせば、いかに純情なおとなだって、そうそう顔の赤くなるわけがない。私の部下は、報告のあとにつけ加えた。

「各学校に配属してある将校たちからの要望ですが、このところ少年部隊の行動が形式的になってきた。ピンク色の小冊子の内容を、もっと刺激的にできないものかとの声があります」

「そうか。では、だれか作家をつかまえてきて、それをやらせてみろ。なるべく、うぶな作家のほうがいいぞ。そんなやつのほうが、妙にリアルな文章を作るだろう」

私の机の上には、婦人団体からの活動報告書もとどく。中年婦人たちが〈革命婦人会〉というのを組織し、その名入りのタスキをかけ街頭に立ち、和服姿の女が通ると、呼びとめてハサミですそをちょん切り、ぐっと短くしてしまう。足を見せないのは、いけないのだそうだ。「和服のほうが色っぽいのよ」と反論しても、容赦しない。高価な着物もめちゃめちゃ。女が同性に対して残酷なことを、あらためて知らされる思い。

しかし、いずれにせよ、生活と社会にひとつの目標ができたのは、いいことだ。このあいだまでは、ぬるま湯のなかの、てんでんばらばらのような形だった。革命政権は、少なくとも目標だけは大衆に与えたのだ。

もっとも、この新政策による被害者がないこともない。それらは手づるをたどって、私のところへ陳情にくる。たいてい代議士がいっしょにくる。代議士も今ではさほど権限がないのだが、身についた習慣なのだろう。きょうは、映像産業の会社の連中がやってきた。

「ねえ、部長さま。ひどい大赤字なんです。このままだと、映像産業、軒並み倒産です。映像芸術の危機です。なんとか、手を打っていただけませんか。少し引き締めをやっていただくとか……」

「ふん。検閲を復活し、テレビから裸を引っこめてくれというのだろう」

私は酒を飲みながら応対する。

「はあ、そんなようなわけで。どのチャンネルを回しても、のべつまくなし卑猥(ひわい)シーン。芸術に仕上げようがありません。映画館にも、まるで客がこないのでしょう」

「なにいってやがる。むかしのことを考えてみろ。芸術でございい、必然性でございい、だから裸を出すのだ、検閲反対とぬかしてたくせに。いまはそれが、自由になったのだぞ。芸術的で必然性のあるのが、いくらも作れる。大もうけできるでしょうに。あはは」

　そのへんの心境は、私にはよくわかる。かつて自分もそう考えてたことがあったのだから。さっとテレビ局をやめておいてよかった。陳情団はぺこぺこ頭を下げる。

「ごもっともですが、そこをなんとか……」

「だめだね。しかし、革命政権の方針に協力的なものなら、いくらか補助金を出してもらうよう、努力しましょう。うん、忠臣蔵なんかいい。四十七士を女にし、みんな裸になさい。新鮮で強力な卑猥な文句を、一分間に一回の割で出せ。政府推薦に指定してあげる」

「むりだ。できっこない。第一、新鮮な卑猥な文句をそう作れる天才的脚本家なんか、いませんよ。わいせつのアイデアは、もう出つくした。わいせつとは、かくも底の浅いものだったか。思い知らされた。過大な幻影を抱いていたむかしが、なつかしい」

「ふん……」

「ですから、せめて、テレビについてだけでも検閲を……」

　私は腹が立ってきた。

「くどいね。だまって聞いていると、いい気になりやがる。裸への検閲はだな、この革命の根本問題に関することだぞ。反革命の不穏な考え方だ。おい、あっちの部屋へ来い」

　やつらを会議室に入れ、私は部下に命じ、革命委員会所属の御用学者を連れてこさせた。週刊誌だの、風俗営業だの、新体制になって困った陳情団の相手は、そいつにやらせることにしているのだ。私は学者に言う。

「こいつら、救いがたい旧思想の持ち主だ。よく説明し、わからせてやれ」

「はい……」

　その細おもての眼鏡をかけた学者は、陳情団に解説しはじめた。

「……いいですか。性の解放はですな、人類の長いあいだの理想でした。この点は、おわかりでしょう。偉大なる革命委員会は、それを実現して下さったのでございますよ」

「しかし、なにも、こう急激にしなくてもいいでしょうに」

「なにをおっしゃる。理想実現に、おそいほうがいいだなどと。急激こそ、正当なの

です。これまでの性についてのなんやかやは、すべて金もうけか売名につながってい
た。売らんかな以外の、なにものでもなかった。すなわち、営業反タブー。性のタブ
ーに挑戦するような顔をし、実情はタブーから金を吸い取る寄生虫。ところが、いま
やその宿主がなくなり、うまい汁が吸えなくなって、寄生虫どもが大あわて。えへへ。
そんなところじゃありませんかね」
さすが御用学者だけあって、もっともらしく説明している。陳情団は頭をかく。
「お説はごもっともですが、そこをなんとかひとつ……」
「おなじ宿主を食いつぶすにしても、時間をかけて少しずつやるつもりだった。その
予定が狂っちゃったんでしょう。頭を切りかえなさい。そのような、こすっからい、
中間搾取的、社会の無駄的、プチブル的、あさましく、ものほしげな寄生虫的な芸術
の時代は、もはや終幕なんですよ。うすぎたない手法が通用したむかしと、なつかし
んではいけない。われわれはいまや、それらを一掃したのです。これからは性のタブ
ーを脱却した、真の芸術をうみ出さなければならない。欺瞞と退廃は過去のものだ。
これこそ、あなたがたの神聖なる使命でしょう」
御用学者は手を振りまわし、演説口調で勢いがよかった。
「どんなふうな芸術を作ればいいんでしょうか。せめて、ヒントだけでも……」

「そんなことは、ご自分で考えなさい」

「ちっとも考え浮ばない。ああ、こうなったら、首でもくくる以外には……」

「時代の進歩について行けず、企業家が倒産し、何人かが自殺なさっても、お気の毒だがやむをえない。これははっきり申し上げます。いや、わたしの説じゃないですよ。革命委員会の、財政関係のおえらがたのお話です。うらむのなら、そっちを……」

　陳情団のやつらは、べそをかきはじめた。

「ああ、なんとひどい。むちゃだ。これこそ言論統制だ。弾圧だ。このままだと、遠からず戦争に突入する」

「困りますな、そういう不穏な意見は。この政策こそ、平和の基礎なのですよ。戦争に進みかねない精神の余剰エネルギーを、これで消滅させているのですよ。平和達成には、ほかに方法はないのです。この原則については、科学者、歴史学者、社会心理学者、その他の連合会議で、はっきり結論が出たでしょう。ご存知のはずですがな。また、永遠の安定の基礎でもある。不穏なる反抗エネルギーも消されるからです。平和と安定、人類の長いあいだの理想でした。そう泣きなさんな。おめでたいことですよ、これは。あはは……」

　まだ泣きつづけている陳情団のために、ついてきた代議士がとりなして言った。

「まあ、そうきついことをおっしゃられては、みもふたもなくなりますから……」

それに私は答えてやった。

「おいおい、先生。大衆のためを忘れ、こういうひとにぎりの反タブー派者の肩を持つなんて、選良の名が泣きますよ。大衆の大部分は、喜んで適応しているのです。革命政府のため、国会に委員会でも作って活躍して下さい。むかし、アメリカにあったそうですよ。非米活動調査委員会とかいうのを作り、反政府的な連中を呼び出しつるしあげ、恐怖の旋風となって、そいつらをふるえあがらせたそうです。その新版をやって反対傾向者の摘発をやれば、名があがりますよ。あっはっは」

元気づけてやろうと、私は大笑いしてやった。しかし、連中は笑わず、力ない足どりで帰っていった。ひとりは帰ろうともせず、床にすわりこみ、うらめしげにこっちを見あげている。いやな感じだ。私は部下を呼んで命じる。

「おい、こいつはどうしようもない。地下の留置場にほうりこんでおけ。革命委員会に申し出て、ガス室送りに加えてもらう」

ガス室という言葉で、そいつはびくりとし、ますます泣きわめいた。あれなら、はじめから協力的になればいいのだ。しかし、許すことはできない。こんなやつは、みせしめにガス室に入れねばならぬのだ。

私は革命委員会の本部の建物へ出かける。一日に一回、連絡のために出むかなければならないのだ。酒気をおびてでは、ぐあいが悪いので、濃いコーヒーを二杯ほど飲んでからにした。

委員会を構成するおえらがたは、みな将校で働き盛りの年齢。それはまあ当然なのだが、私にはふしぎに思える点がひとつある。普通のクーデターだと、中心となるいささか神がかった指導者がいて、その統制のもとに進行することになっているが、ここではみな同格。合議制なのだ。よくこれで、電光石火の政権奪取ができたものだ。新型のクーデターというべきか、だれか裏に黒幕の大物がひとりいるのか、そのへんになると私にはわからない。しかし、どうでもいいことだ。

おえらがたたちは、会議をしていた。私は部屋のすみで傍聴した。革命委員会の者はひげをはやし、葉巻を吸うべきではないかとの件を論じあっていた。ひげも葉巻も性の象徴であり、そうするのが使命にそうのだとの論拠だった。笑ったりしたら、大変なことになる。性の解放という革命の本質を愚弄したなと、怒られることになるのだ。

会議が終るのを待ち、私は「ガス室送りの一人追加」を申し出た。それは受理され、すぐに開始するとのことだった。私は電話をかけ、さっきのやつを、ここへ連行してくるように命じた。

　ガス室というのは、密閉されたコンクリートづくりの建物。ここ本部の中庭にある。きょうそれに入れられる数十人の男女は、兵の銃剣でおどかされ、その入口ちかくに集っていた。兵士たちは言っている。

「さあ、さあ。みな服をぬいで裸になるのだ。シャワーをあびるのだから、服をぬいでもらわなければ、しようがない」

　銃剣で追いたてられては、反抗することもできない。みな裸になり、入口からなかに押しこまれる。そのあとでドアがぴっちり閉じられ、合図によって、ボンベのボタンが押される。ガスの噴出する音がする。密閉された建物だが、内部にマイクロフォンがあり、外部に音が伝えられ、それを聞くことができるのだ。ガスの作用が、人体に及びはじめたのだろう。やがて、男女のうめき声が流れてきた。それはしだいに大きくなり、野獣のごときうめき声になる。そとの兵士たちは、にやにやしながら時間の経過を待っている。

　このガスには、性欲を極度に高進させる作用があるのだ。いかなる純潔主義者であろうと、それにたちうちはできない。そのうめき声はラジオで放送され、さらに内部の光景もテレビで中継されている。当初は好評だったが、いまやどれぐらいの人が関心を持っているだろうか。ほとんどいないんじゃないだろうか。音痴の歌を聞かされるようなもので、ちっとも面白いものじゃない。しかし、ガス室内の当人たちにとっては、非常な精神的苦痛。むかしの踏み絵のごとく、死に等しいことといえる。

数時間がたち、ガス室内の空気は入れ換えられ、ドアが開いて人びとが出てきた。みな廃人のごとく、息もたえだえ。兵士たちは言う。

「どうだ、シャワー室の気分は。石けんで脳のなかまできれいに洗い流したような気分だろう。ガスのシャワーで、旧思想が消えさったことだろうな。そうあってほしいよ。あっはっは」

この効果はたしかにある。新しい体制を受け入れ、売春公社に適応して日常生活をおくるほうが、ガス室よりはまだいいとなっとくするのだ。よほどの異常体質でない限り、当り前のことだろう。

しかし、きょうはガス室から出てきたやつのなかに、まだねをあげないやつがいた。学者タイプの男だった。「このような非人道的なことは許せない」などと、毒づいている。いくらか元気が残っているらしい。あるいは、反抗だけが生きがいという性格なのだろうか。どことなく異常性格らしく、薄気味わるい。それに対し、おえらがたの一人が言った。

「くだらぬ反革命的なたわごとをしゃべっちゃ、困りますな。あなたは危険思想の持ち主ということで、大学から教職追放になっている。あなたのようなのを、曲学阿世というんじゃないのかな。そうそう、あんたの著書は発禁になり、回収されて燃やされたのだったな。いいかげんでこりて、転向しなさいよ」

「いやだ、思想の自由はないのか……」

「無制限の自由なんて、ないのだ。核兵器を好きな時に発射する自由が許されないのと、同じことだ。あっはっは。それにしても、あんたはしぶといね。こうなったら、粛清委員会にまわされるよ」

「銃殺にされるのか」

「革命委員会は、あまり流血が好きじゃないのだ。史上初の無血革命という記録を、めざしている。だから、足をセメントでかためて海へほうりこむ方法かもしれないな。あるいは、古代中国の皇帝が学者を殺した方法、穴に生き埋めとなるかもしれない。早く改心したほうが身のためだぞ」

「勝手にしろ。あくまで反抗する」

その時、おえらがたのところに、兵士がやってきて報告した。おえらがたはうなずき、その頑固な男に言う。

「ちょうどよかった。生体実験用の施設が完成したそうだ。適当な実験材料を求めている。あんたをそれにさしむけることにする……」

おえらがたは私をさそった。

「……ついでだから、見学して行かないか」

ついて行くと、それは小型のガス室といった感じのものだった。

「どんな生体実験をやるのですか」

「新種の強力ガスが開発されたのだ。オール生物ガスという。いままでのガス室のやつは、人間だけにしかきかなかった。しかし、この新しいガスは、人間ばかりか、哺乳類すべてに同時に作用するはずなのだ。革命科学の偉大なる成果だ。ゴリラ、キリン、ブタ、ゾウ、すべてにきく。その実験をやろうというのだ。きょうは、動物はライオンとラクダとブタしかいないが、まあ、それでもいいだろう。それらといっしょに、あの男を押しこみ、ガスを噴射して、効果をたしかめようというわけさ」

「テレビ中継もやるんですか」

「それはまだ検討中だ。外国が因縁をつけ、内政干渉的なことを言ってくるかもしれないからな。やつら、暴君ネロを連想するおそれがある。現実は有意義なことなのにな。で、見物するかい」

「疲れたので、音のほうを聞きながら、むこうの部屋で休ませてもらいます」

私は言った。疲れているわけでなく、じつはアルコールへの欲求が高まっているのだ。失礼して、その補給をさせてもらいたい。見物したところで、どうってこともあるまい。いまの私には、酒のほうが先決なのだ。

私は別室でポケットびんの酒を飲んだ。生体実験の音が聞こえてくる。めすのライオンの悩ましげな声。まったく、科学の進歩はいろんなものを作り出す。動物の種別という壁を破り、人類は情欲の世界をさらに拡大する。生体実験が重ねられ、やがて一般に実用化され、普及することになるのだろうな。家庭用の燃料ガスにまぜられて、送られてくるということにもなるのだろう。そうなったら、性の余剰エネルギーを消すというより、むりにしぼり出して捨てるといった形だな。なるほど、平和にもなるさ。なかには、体力がつづかず、早死にするやつも出てくるだろう。しかし、それが自然淘汰(とうた)というものだ。優秀な人間だけが残ることになる。委員会のおえらがたも言っていた。かくして、わが民族は世界に冠たるものになるのだと……。

まあ、こんなところが、私の毎日なのだ。しかし、いささかあきてもきた。できるものなら、もっと楽な部署に移りたい。その理由は、もっと酒に親しみたいからだ。私はある日、革命委員会に出かけたついでに、おえらがたに申し出てみた。

「ひとつ意見がございます。ここらあたりで、この輝かしい革命の、歴史的記録を作っておくべきではないでしょうか。有史以来の画期的なことでしょう。後世に誤解をともなって伝えられては、残念でございましょう。ええ、もちろん、わたしがうまくまとめてさしあげます。ご満足いただけるよう、すばらしいものに仕上げますが……」

人間だれしも、こういうことに弱いようだ。おえらがたは言った。

「うむ、そうだな。社会改革の使命に熱中し、すっかり忘れてしまっていたが、それはたしかに重要なことだ。やっておかねばならぬ。いい進言をしてくれた。堂々たるものを作ってくれ。きみに一任する」

かくして、私は革命史編集部長という地位に移ることができた。これなら毎日、報告のため出頭しなくてもいいし、酒だって大っぴらに飲める。また、このクーデターの発生について、好奇心のようなものもあったのだ。いったい、なにがきっかけでこの運動に火がつけられたのか、できるものなら知りたいのだ。それに、さしたる抵抗もなく、社会に定着してしまったことも。むかしの常識でおしはかると、いくらなんでも、早すぎる気がする。これらの疑問点、この肩書きがあれば、調べてまわることもできるというものだ。

最初の一週間ほど、私は構想をねると称し、酒を飲みながら事務室ですごした。仕事そっちのけでというわけではない。命令書の控えなどをとりよせそろえ、飲みながら、それを眺めたりした。そのうち、それらのなかから、ひとつの傾向といったものが浮びあがってきた。

都市の東の郊外にある、部隊所在地。そこがすべての発生源なのだ。そこを中心として、木の年輪のごとく、水面の波紋のごとく、クーデターによる社会の変化がひろまっていったのだ。たとえば、そこから遠くはなれた地方では、はじめのころは反対運動もあったのだが、波紋が及んでくるにつれ、波動の共鳴に巻きこまれるように、それもおさまってしまったというぐあい。なにかそこに、未知のものがありそうではないか。

そのなぞを知りたいという思いが高まり、ある天気のいい日、私は部下に車を運転させ、その部隊所在地へ視察に出かけた。いまの仕事の上からも、革命解放軍の発生の事情を知っておかねばならぬ。クーデター発生前ならそれらは極秘だったろうが、いまはその禁もない。また、私の肩書きもある。というわけで、その部隊関係者は内部を案内しながら、質問に応じて説明してくれた。

「そうですなあ。ええと、そもそものはじめはどうだったかな。そうだ。クーデター計画はむこうの将校たちの宿舎でまず動きがみられ、こちらの一般兵舎のほうに気運が波及してきたのでした。そういえば、ふしぎでないこともありませんな。わたしなんかも、こんな社会にしようなど、それまでは夢にも考えたことがなかった。それなのに、計画を打ちあけられた時、なんの抵抗もなく心が受け入れたのですよ。そして、いまに至るも、後悔はない。世の流れというものでしょうかね」

「わかったような、わからないようなお話ですな。正しい記録を残すために、もう少しくわしく知りたいのです。将校団のうち、最初に言い出したのはだれで、つぎはだれでしたか……」

将校宿舎のほうをつぎつぎに訪問し、聞きまわり、おおよそを知ることができた。部隊周辺の地図にその順を記入し、考察しなおす。すると、ひとつの傾向がそこにはっきりしてきた。地図の等高線、天気図の気圧線、それらのように描いてゆくと、波紋の発生中心点があきらかになっていったのだ。それは、将校宿舎のそとの、少しはなれた地点となる。地図の上でその推定点を指さし、私は聞いた。

「ここになにがある」

「病院があります。民間の、長期療養患者をおもに扱っている病院です」

「やっぱりそうか。精神病院だろう」

「いいえ。ちがいます。普通の病院です」

私の予想ははずれたが、いずれにせよ、そこになぞのもとがあることは、たしかだ。歩いて行ってみる。松林のなかの、きれいな病院だった。名刺を出し、院長に面会を求めて質問する。

「ここに、頭のおかしな患者がいるはずだが」

「いや、ひとりもおりません」

またも否定的な返事だった。

「いるはずだがな。しかし、いちおう内部を見せてもらうよ」

「ご自由にどうぞ」

私の肩書きは強力だった。革命委員会の直属となると、どこでも通用する。病院のなかを一巡したが、とくに不審な患者はなかった。しかし、ひとり目にとまったのがあった。個室のベッドの上で、じっと眠ったままの三十歳ぐらいの男。私は看護婦に聞く。

「あの患者、寝たきりのようだが……」

「そうなんです。お気の毒なのです。かつては健康だったのですが、いまや目も耳も口も不自由。その三重苦どころか、からだも動かせない。神経と筋肉が麻痺(まひ)してしまったという症状です。すぐに死ぬという心配もないが、なおるみこみもない。それで、ずっとあのままというわけで……」

「頭もぼけているのだろうな」

「いいえ、脳波の検査によりますと、頭脳は正常だそうですわ」

「たしかに気の毒きわまる人だな」

私は同情した。まともなのは脳だけというわけか。私は病院の応接室に戻り、ひとりあの患者の心のなかを想像した。目も見えず耳も聞こえぬという、そとの世界からまったく遮断された永遠の暗黒と静寂のなかで、正常な頭脳を持てあましながら、生きつづけている。いっそ死にたいと思っているのじゃないだろうか。そうだろうな。しかし、からだも動かせず、口がきけないので、実行することも、その意志を他に伝えることもできない。口から流し込まれる流動食を拒否することも、できない。そんな患者の内心は、どうなのだろう。ひたすら妄想を描く以外に、することはないのじゃなかろうか。で、どんな妄想をだろう……。

ここに至って、私の思考のなかで、二つが連絡しあった。この性の解放という革命の現象と、この患者の存在とが。この患者、脳のなかで妄想をくりひろげつづけ、妄想と遊ぶほかに、することはなにもないのだ。かつて健康だった時の体験か、愛読した小説の記憶などをもとに、性的な妄想を追い求め、くりかえし、築きあげ、強め深めてゆく。それは行為となって発散することがなく、その不満は妄想の度をさらに強める一方となる。そのあげくは、どうなるのだろう。決して行為となりえない代償作用で、やがては、思念の波となって目に見えぬ力を、他に及ぼすようなことになるのでは……。

波紋のようになる。近くの部隊の人員をも巻きこみ、その思念の波紋とともにクーデターはひろがり、このような世の中を現出させてしまったのでは……。

私はこの仮定を、酒を飲みながら、心のなかでいじくった。そうであるようにも思えるし、そうでないのかもしれない。たしかめる方法は……。

たしかめる方法は、ないわけではなかった。あの患者の生存を、停止させてみればわかる。それで世の変化がおさまれば、仮定の正しさが証明されることになる。しかし、その実行には、ためらいがともなった。このようなことは、許される行為だろうかと。私はしばらく考えた。しかし、好奇心は押えられない。それへの理屈づけが、しだいにできてきた。あの患者も、むしろ死を望んでいるのかもしれない。安楽死の議論の、つごうのいい部分だけが思い出されてきた。それにだ、現実の問題として、私には革命史を編集するという、崇高にして絶対的な任務がある。それに必要な行為であり、委員会だって、是認してくれるだろう。

決心までにかなり時間はかかったが、やがて私は応接室から出て、その病室へ行った。巻きぞえにしては悪いので、院長たちには黙って。患者は身動きもしない。私は手術室から持ち出してきたメスを振りあげ……。


通りがかりの看護婦が、私に声をかけた。

「いま臨時ニュースで言ってましたが、ほうぼうで、革命委員会の内部でも、現状についてなぜか急に、反省の声があがりはじめたそうで……」

やはりそうだったのか。すべての現象は、私がいま殺したあの患者の妄想で作られていたのだな。その死とともに、呪(のろ)いが、いっぺんにとけたのだ。仮説が証明されたことで、私は満足し、うなずいた。しかし、看護婦は私を見て大声をあげた。

「……あら、その血はどこで」

「あの患者の血がかかったのです」

「それは大変。みなを呼びますから、決してお動きにならないように」

私はなんのことやらわからなかったが、そこに立っていた。看護婦の絶叫で、汚染防止服のようなものを身につけた、医師たちがかけつけてきて、私はとり押えられ、ベッドに固定された。

「なにごとです、これは。わたしをつかまえるのなら、革命委員会の指示がいりますよ」

「そんなことではありません。あの患者は、伝染性の病気だったのです。ほっとくと、あなたもあんな症状になりかねない」

「なんですって。あの患者は、交通事故のたぐいで神経がやられたのかと思ってました。それに、そんな危険な伝染病らしい扱いじゃなかったじゃありませんか」

「ええ、特殊な病気なので、普通では伝染しません。血液が危険なのです。血液のなかに伝染力のあるものがあると、精密検査でそれが判明しました。しかし、あの患者は身動きできず、したがって、けがをして血を流すこともない。蚊の警戒だけでいい。そのため、あの程度の扱いでもよかったのです。あなたは、とんでもないことをなさった。あの血をあびてしまったとは。いちおうの手当てはやってみますが、うまくゆくかどうか……」

ひどいことになった。私はここの病室に閉じこめられることになった。革命委員会だって、助けてはくれないだろう。医師の心配どおり、手おくれであることがあきらかになった。症状が急速に、私のからだにあらわれてきた。もはやじたばたしても……。

じたばたしようにも、筋肉は動かず、口はきけず、やがて視力も聴覚も失われてきた。殺人のむくいだ。天罰なのかもしれぬ。しかし、死ではないのだ。意識がうすれてもくれない。それどころか、気の散りようがないためか、頭はさえる一方だった。そして、その頭の使いみちは……。

建設的なことを考えたって、意味がない。考えついたところで、それを世に伝える日は来ないのだ。はてしない時間だけを持てあます。頭に浮かぶことは、妄想だけなのだ。妄想は夢につながり、夢は目ざめると妄想へと連続する。もちろん、私はここで妄想をするとどうなるか、その事情を知っている。くだらぬ妄想を作りあげ、社会に迷惑を及ぼすのだけは自制しようと努力した。いまになって静かに回想すると、あの性の解放という事態は、悪夢としかいいようがなかった。このへんで打ち切りにしてやるとしよう。それに、性の解放にはあきてしまい、妄想となってわきあがりようもないのだ。

しかし、死は訪れてこず、暗黒と静寂にとじこめられた時間は、いつ終るともしれずつづいている。頭脳は働きたがっている。世のために性的な妄想を避けることは、さほど苦痛ではなかった。べつなことに思考の重点を移せばいいのだから。

　私は酒についての思い出を、なつかしんだ。酒はよかったなあ。私はアルコールむきの体質なんだろうな。それへの熱望だけは、いまだになくならない。いや、ますます強くなるばかりだった。酒、酒、酒。世の中に、酒があふれんばかりになればいいのに。みながたえまなく酔っぱらい、にぎやかに毎日をすごす社会なんて、いいじゃないか。悪いことはないはずだ。酒こそ人類の連帯であり、愛であり、文明の原点であり、機械化時代から人間性をとりもどす、唯一のものだ。すべてがなごやかになり、戦争に突入する心配だってなくなるだろう。平和のためなのだ。クーデターでもやって、あらゆる飲食物にアルコールをまぜるよう指令し……。

　私の頭のなかの図は、しだいに鮮明になってゆく。時どき反省もする。こんな妄想をいだいたら、思念の波がひろがって現実化するのではないかと。しかし、私の頭のなかでは、酒への妄想はすでに定着し、育ちつつあるのだ。それに、ほかにどんな妄想を楽しめばいいのか、私には考えもつかないのだ。もう、どうにでもなれだ。私は酒への妄想にひたり、それを追い求め、さらにリアルにし、はなやかにし、強め深める。社会では、第二のクーデターが進行しているのだろうか。そうだったらいい。私は心からそれを祈りつづける。なぜって、もしかしたらそのうち酒革命の委員会が、病人用の流動食にも酒をまぜよとの強制命令を出すかもしれない。私の口に、酒が入るようになるかもしれないではないか。

そして、だれも……

　飛びつづける宇宙船のなか。ここに乗り込んでいるわれわれは、新しい惑星を発見するという目的を持って、地球を出発した探検隊だ。

　宇宙空間の旅ぐらい、退屈なものはない。窓のそとの光景は、星々が無数にきらめいているだけで、いっこうに変らない。いかに美しい眺めでも、こういつまでも同じでは、楽しむ気分など消えてしまう。また、夜や昼といった区切りがなく、季節の変化だって、あるわけがない。ちょうど、時の流れが停止してしまったような感じ。

　そんな状態のなかで、われわれはぼんやりと生活している。しなければならぬこと、いそがしさ、そんなものは、なにもないのだ。

　隊員は、全部で五名。私は副長という職にある。ここでの最高責任者はもちろん隊長で、彼は宇宙船の船長でもある。そのほか、第一操縦士、第二操縦士、通信士が乗っている。いずれも男性で、健康で、優秀な能力の持ち主ばかり。自分をほめていることにもなってしまうが。

隊長はどちらかというと口やかましい性格で、つまらないことを、いちいち注意する。隊長という立場上いたしかたないのだろうが、宇宙船のなかでは逃げかくれすることもできない。うけたまわっておく以外にない。もっとも、私はこつをのみこみ、なにか言われたら、さからうことなく「はあ、はあ」と聞き流している。ほかの者たちもそうだ。

長い時間の退屈をまぎらすため、われわれはトランプで遊ぶのが日課だ。何百回となくやった。もしかしたら、何千回になるかもしれない。そして、このところ私は大きく負けている。その分だけ勝っているのが通信士で、私はいっこうに取りかえせないでいる。これまた面白くないことだが、腕前のちがいなのだから、あきらめるほかはない。

それ以外には、事件らしきことはなにもない。なにしろ長い長い旅なのだ。平穏で無変化な生活の連続。地球上についての思い出も、最初のうちは話題になったが、いまはもう話しつくし、だれも口にしなくなってしまった。

といって、これからのことに関して、議論することもない。新しい惑星の発見が目的なのだが、それがはたして存在するのかどうか、なんとも断言はできないのだ。飛びつづけているこの方向に、惑星がない場合だってありうる。途中でむなしく引きか

えすことに、なるかもしれない。

だから、議論に熱が入らないのだ。あまり期待しすぎると、なかった場合の失望も大きくなる。それに、仮定の上に立った議論では、発展のしようもない。

というわけで、ただただ、なんということのない生活がくり返されてゆく。あばれたり叫んだりしても意味がないと、だれもが知っているからだ。


その時もいつものようにトランプをやっていたのだが、私はふと気がついて言った。

「隊長はどこへ行ったんだろう」

「そういえば、さっきからいないな。きっと、トイレにでも行ったのだろう」

だれかが答え、しばらくトランプがつづいた。私はまた通信士に大きく取られた。しかし、隊長はなかなか戻ってこなかった。第一操縦士が言う。

「それにしても隊長、時間がかかりすぎるな。腹でもこわしたのだろうか。ちょっと見てこよう……」

彼は席を立ち、やがて戻ってきて、首をかしげながら言った。

「……トイレにはいなかった。水でも飲んでいるのかと調理室をのぞいたが、そこにもいない。いったい、隊長はどこへ行ったのだろう」

「どこにもいないなんて、ありえないことだ。よくさがさなかったんだろう」

私はそばのスピーカーに口を当て、くりかえし呼んでみた。

「隊長、どこですか。応答ねがいます」

その声は、船内のどの部屋にもとどくことになっている。われわれは、耳をすませた。しかし、どこからも隊長の声はかえってこなかった。一瞬みなは青ざめた顔を見つめあった。通信士は私に言った。

「隊長に、なにか起ったのでしょうか。どうしましょう」

「手わけしてさがそう。なにかにぶつかって気を失い、倒れているということも考えられる」

われわれ四人は担当の区域をきめ、それぞれ隊長の姿を求めて船内を歩きまわった。私のさがした部分にはいなかった。われわれは最初の場所にふたたび集合し、報告を持ちよった。だれの答えも同じだった。

「隊長の姿は見あたりません」

しかし、隊長がいなくなるはずはないのだ。たぶん、だれかのさがし方がいいかげんだったのだろう。だれも、そんな目つきでほかの者を眺めている。仕方がないので、私は提案した。

「では、こんどは、みんないっしょにさがしまわろう。見落しがないよう、しらみつぶしにさがすのだ」

われわれは一団となって、部屋から部屋へとまわった。机の下だの、戸棚のなかだの、装置の裏側だの、人のはいれそうな場所は、すべてのぞきこんだ。

しかし、どこにも隊長の姿はない。資材貯蔵室のドアをあけ、そのなかも調べてみた。着陸しない限り用のない部屋で、そのなかにいるとは思えなかったが、万一ということもある。しかし、そこにもいなかった。何回か呼びかけてもみたが、答える声はかえってこなかった。

どうもおかしい。形容しにくい、いやな予感が、私の背中を走り抜けていった。それは、私ばかりではなかったようだ。第二操縦士が、口ごもりながら言った。

「あの、宇宙船のそとに出たということは、考えられないでしょうか」

船内にいなければ、船外ということになる。しかし、宇宙船のドアというものは、ひとりで簡単にあけて、そとへ出られるようにはできていない。各人が配置について、エアーロックの二重ドアを操作しなければ、絶対に開かない。いかに隊長でも、勝手なことはできないのだ。

「まあ、考えられないな。しかし、念のためだ。調べてみよう」

私は船外に出るドアを、調べてみた。ドアがあけられたあとは、なかった。また、船外へ出ている者があれば、その人数だけライトのつくしかけもあるのだが、そのライトはひとつも光っていなかった。

さらに私は、宇宙服のおいてある部屋をのぞき、数をかぞえた。そこには予備のもいれて十着の宇宙服があり、ひとつもへっていない。船長が宇宙船のそとに出たということは、ありえない。しかし、船内については、さっきくまなく調べ、どこにも姿を発見できなかった。どういうことなのだ、これは。

しばらく沈黙がつづいた。やがて、だれかがふるえ声で言った。

「隊長はどうしたんでしょう。覚悟のうえの、自殺なのでしょうか」

「かりに自殺だったとしても、死体がどこかになくてはならない。電子レンジを使えば焼いて灰にすることもできるだろうが、小さすぎて人間ははいれないし、さっきのぞいたら灰もなかった。それに、隊長は自殺するような性格の人ではない。しかし、なにか手がかりがつかめるかもしれないから、隊長の机の引出しを調べてみるとするか」

と私は言った。隊長に万一のことがあったら、副長である私が指揮をとらなければならない。記録書類のたぐいを引きつぐ必要もある。引出しのなかを、調査する権利もあるというわけだ。

みなを立ち会わせ、隊長の机の引出しをあけ、私は思わず意味のない叫び声をあげた。そこにはなにもはいっていなかったのだ。どの引出しのなかも、すべてからっぽ。書類一枚、歯ブラシ一本、爪切りバサミひとつなかった。隊長に関連したものは、なにひとつない。ちょうど、この宇宙船には最初から、隊長が乗っていなかったといった感じだった。

通信士は目をこすり、不安そうな声で言った。

「こんなことって、あるんだろうか。信じられない。隊長はさっきまで、たしかにわれわれといっしょにいましたよ。ね、そうでしょう」

だれもかれも同じ思いだった。みな、うなずきあう。しかし、隊長がいたことを証明できるものは、なにひとつないのだ。からっぽの引出しを見つめていると、なにが信じられるのかわからなくなってくる。

「どうしましょう、これから……」

第一操縦士、第二操縦士、通信士の三人が、私を見つめながら言った。隊長が消えてしまったとなると、指示を出す責任者は私ということになる。

しかし、この予想もしなかった事態に、私はなんと言ったものか、すぐには対策の案も浮かんでこなかった。隊長が現れてくれるように、心から祈った。口うるさく、やかましいやつだと反感を持ったこともあったが、いなくなってみると、いい点だけが思い出される。私なんかより、判断力や統率力ははるかに上だ。しかし、隊長をなつかしがって、だまったままでいるわけにもいかない。

「人員が消えるなど、ありえないことだ。きっと、船内のどこかにいるはずだ。どこか見落としているにちがいない。もう一回、手わけして調べることにしよう。なにか異状を発見したら、大声で知らせるのだ」

ふたたび、その作業が開始された。これで三回目だ。第一操縦士、第二操縦士が私に報告した。

「船内に異状なしです。しかし、隊長はどこにもおりません」

だが、いくら待っても通信士は戻ってこなかった。私は腹を立てた。

「あいつ、悪ふざけをしているな。ふざけてる場合じゃないぞ。とんでもないやつだ。なにをぐずぐずしている」

そして、マイクをつかんでどなった。

「おい、通信士、早く戻ってこい……」

しかし、どこからも返答はなかった。ぶきみな静けさだけが、あたりにただよっている。しばらく待ち、私はもう一回どなってみたが、やはり同じ。やつはどうしたんだろう。もしかしたら……。

われわれ三人は、船内をひとまわりしてみた。だが、通信士の姿はどこにもない。最後に彼の机の引出しをのぞき、われわれはぞっとした。隊長のと同様、そこには、なにもなかったのだ。さっき、隊長の机のからっぽなのを知って、ふるえ声で叫んだ通信士。その机のなかがこうなっているとは……。

冗談にしろ、こんなことをやるひまは、なかったはずだ。いったい、通信士のやつめ、どこへ行ってしまったのだろう。トランプの勝負で、私の負けたぶんだけ彼が浮いているという点は不愉快だったが、いざ消えてしまうと、彼がいかにかけがえのない人物だったか、身にしみてわかる。通信機を扱う技術は、だれでもいくらかは持っているが、彼にくらべればはるかに劣るのだ。

私は第一操縦士と第二操縦士に、緊張した声で言った。

「これは、ただごとではない事態だ。しかし、なぜ、こんなことになったのか、さっぱりわからない。想像できる原因について、なんでもいいから、発言してくれ。どんなことでもいい……」

「笑われるかもしれませんが、宇宙人のしわざじゃないでしょうか。彼らにとっては好ましくない宇宙船、つまりこの船のことですが、それを発見した。そこで特殊な方法、金属をへだてても作用を示す殺人光線のようなもので、まず隊長を消し、つぎに通信士を……」

「なるほど」

私は第一操縦士の意見にうなずいた。ばかげた説ではあるが、そうではないという証明もできない。第二操縦士はこんなことを言った。

「特殊な宇宙ビールスという仮定は、どうでしょう。それがかすかなすきまから船内にはいり、それに感染すると、たちまちのうちにからだがとけて消えてしまうというのは……」

「考えられないことではないな。しかし、服もろとも消えてしまっているのだ。さらに、机のなかの所持品までなくなっている。宇宙人のしわざにしろ、ビールスにしろ、この説明には困るぞ」

と私は疑問を提出した。そして、内心でひそかに、こうも考えてみた。なんらかの作用で、私に超能力がそなわったという仮定はどうだろう。口のうるさい隊長のやつ、いなければいいのに、と思ったとする。すると、それが現実となって、関連した物品もろとも消えてしまう。また、トランプで勝ちつづける通信士に対しても、面白くないやつだと腹を立てると、それもまた現実となって、彼は存在することをやめ……。

しかし、そのことを口にする気には、なれなかった。不意に超能力をそなえたのが、私でない場合だってある。いずれにせよ、この際、気まずい気分をひろめることはない。

われわれはそのほか、思いつくことを、かたっぱしから話しあった。空間のゆがみを通過したため、べつな次元に消えていったのではないか。時間の流れを乱す力が作用し、過去か未来へ押し流されたのではないか。

あるいは、記憶喪失のような一種の狂気によって、われわれに精神的な盲点ができたのではないか。そのため、隊長と通信士の存在をみとめることができなくなったということはないだろうか。

意見はいろいろと出たが、たしかめようのないものばかりだった。ただのおしゃべりと実質的には変りない。私は決断を迫られているのだ。これからどうすべきなのか、それをきめるのは私なのだ。

ほかの二人は、私をみつめ指示を待っている。ぼやぼやしてはいられないのだ。このままだと、事態はもっと悪化しかねない。私は言った。

「原因はさっぱりわからないが、異常な危険に直面していることはたしかだ。こうなったからには、地球へ引きかえそう。進みつづけようにも、こう人員がへったら、かりに惑星をみつけたにしても、探検の目的を達することができない。ひとまず地球へ戻ろうと思う。どうだろう」

「賛成です」

と第一操縦士は指示に従い、操縦室に入り、装置を動かそうとした。しかし、すぐに悲鳴のような声をあげた。

「これは、どういうことなんだ。装置がまるで働かない。これでは方向を変えることもできない」

「おい、本当か。なぜなんだ」

私が聞くと、第一操縦士が言う。

「わけがわからない。こんなはずはないのだが。電気回路かなにかに故障が起ったのだろうか。点検をする必要があります。手伝って下さい」

「いいとも。急いでやろう」

私は宇宙船の中央部にある管制室へ行き、第二操縦士は後部の燃料室へと行った。おたがいにマイクで連絡をとりあう。

「管制室、どうですか」

と第一操縦士。

「異状なしだ」と私。

「燃料室も異状なし」と第二操縦士。

どこにも異状はないようだ。となると、宇宙船が操縦不能におちいった原因はなんなのだろう。私は聞きかえした。

「操縦室、なにかわかったか」

しかし、その返事はなかった。くりかえして聞いたが、やはり同様。私はいやな胸さわぎを感じ、操縦室へと急いだ。そこに第一操縦士の姿はなかった。

「おい、どこへ行ったんだ。早く故障部分を発見しなければならないんだぞ」

私は大声をあげる。

「ここです。どうしました」

答える声があった。しかし、それは燃料室から戻ってきた第二操縦士だった。私は彼に言う。

「どうもこうもない。今度は第一操縦士が消えてしまった。いま、ちょっと離れたすきにだ。もう、なにもかもめちゃめちゃだ。手のつけようがない」

「どこへ、なぜ消えたんでしょう」

「わかるものか」

私は首を振って言った。しかし、さっきちょっと考えた、私に超能力がそなわったせいかもしれないという仮定は崩れた。これまでに私は、第一操縦士に対していやな感じを抱いたことは、まったくなかったからだ。

その点、いくらかやましいような気分はなくなったというものの、喜ぶべきものでないことはいうまでもない。事態は一段と悪化しているのだ。

私と第二操縦士。宇宙船のなかには、もう二人しか残っていないのだ。それだけでも心細いのに、操縦装置がおかしくなっている。引きかえすことは不可能だろう。宇宙船は、ただ進みつづけるだけなのだ。絶望にむかって進みつづける……。

事態の好転することは考えられない。悪くなることはあってもだ。第二操縦士は言った。

「もっとひどいことになりそうですね」

「ああ……」

その覚悟はしておいたほうがよさそうだ。つまり、このままだと、さらに犠牲者の出ることもありうるわけだ。いままでの経過から予想される。

となると、つぎに消えるのはだれなのだ。だれの番だろう。私か第二操縦士のどららかだ。第二操縦士だろうか。かりにそうだとしても、いいことは少しもない。

そのつぎは、いずれにせよ確実に私なのだ。消えたあとは、どうなるのだろう。どこへ消えるのだろう。それが死を意味するものなのかどうかも、それすらわからない。また万一、私だけが消えることなく残ったとしても、ろくなことはない。操縦不能におちいった宇宙船のなかに、私ひとりという状態になるのだ。宇宙のはてまで流されつづけるのだ。

この異常事件の報告書を作って残しても、だれに読まれることもないだろう。ひとりになってしまったら、孤独にたえられなくなって、頭がおかしくなるかもしれない。あるいは自殺をえらぶかもしれない。

消えてしまった連中のことを考えると、なつかしさでたまらなくなる。どこへ消えてしまったのだ。もし彼らが戻ってきてくれれば、私はどんなことでもする。私は第二操縦士に言った。

「まるでわけがわからんが、残ったのはわれわれ二人になってしまった。気をつけよう」

「どう気をつければ、いいのでしょう」

「それもわからん。これからは決して単独行動をとらないようにしよう。おたがいに、そばを離れないことだ」

「それで大丈夫でしょうか」

「しかし、ほかに注意しようがない」

たしかにそうなのだ。目に見えぬ魔の手を防ぐのに、そんな方法ではだめかもしれない。われわれは非常装置のボタンを押してもみた。前方に物体を発見した時に使うもので、逆噴射で速力を落すためのものだ。しかし、その効果もなかった。宇宙船は、静かに進みつづけることをやめない。第二操縦士は、寒そうな身ぶりで言った。

「不安でたまりません。皮膚がぞくぞくします。どこからか、なにものかにねらわれているのだと思うと、落ち着きません。宇宙服を着ませんか。なにかを身につけていれば、いくらか安心感がえられるかもしれない」

「それもそうだな。役に立つという保証もないが、やってみよう。持ってきてくれ。いや、いっしょに行こう。はなればなれになるのは危険だ」

私たちは宇宙服のおいてある部屋に行った。それを身につける。しかし、こんなことで、消えるのが防げるのだろうか……。

その時。カチッというような音を、私は聞いた。音といっても、普通の音ではない。頭の奥のほうで鳴ったような音。なんだろう。それと同時に私はめまいを感じ、床の上に横たわり……。

どれくらいの時間がたったのだろう。見当はつかなかったが、そう長い時間ではないようだった。眠いような気分。私の耳に、人の声が聞こえてくる。

「おい、起きろ」

「さあ、目をあけて、コーヒーを飲め」

などという声だ。聞きおぼえのある声。私はまぶたに力をいれ、目をあけた。それから、まわりで私を見おろしている人たちの顔を見た。その人たち……。

隊長、通信士、第一操縦士がそこにいるではないか。私はこみあげてくる喜びを声にして言った。

「あ、みなさん、戻ってこれたんですか。よかった。一時はどうしようかと思いましたよ。なにしろ隊長からはじまって、ひとりずつ消えていったんですから。しかし、よく戻れましたね。いったい、どこへ行っていたのですか」

「まあ、その説明はあとにして、まずコーヒーでも飲んで、目をさますことだな」

隊長は言った。だれかがコーヒーをさし出し、私はそれを飲んだ。濃く熱いコーヒー、それによって私のねむけはさめ、頭はしだいにはっきりしてきた。私はからだを起し、あたりを見まわす。そのなかに、第二操縦士の姿だけがなかった。

「第二操縦士はどうしたんです。あいつがいないようですね。みなさんが戻ったかわりに、こんどは彼が消えてしまったということですか……」

「いやいや、そう心配することはない。彼だって、まもなく姿を見せるさ。目がさめたらね」

と隊長が言う。私は聞きかえす。

「目がさめたらって、彼はまだ眠っているというわけですか」

「そうだよ」

「というと、わたしも今まで眠っていたということですか」

私の質問に隊長はうなずく。

「そうだよ」

「ずっとですか」

「そう、ずっとだ」

「いったい、いつから眠っていたのです」

「地球を出発してからだ」

「すると、いままでのは、みな夢だったということになるのかな。しかし、どういうことなんです。説明してください」

私が言うと、隊長が話し始めた。

「われわれは地球を出発して以来、宇宙船のなかでずっと眠りつづけだった。今回の宇宙旅行は、これまでのにくらべ、はるかに長い距離を飛ばなければならない。そのため、乗員たちは全員、人工冬眠の状態にならなければいけなかった」

「そういえばそうでしたね」

「乗員がみな、冬眠状態にあっても、宇宙船の計器類は正確に働き続けている。そして、レーダーが前方に惑星らしきものがあることをキャッチし、まずわたしに連絡し、自動的にわたしの目をさまさせた。わたしは目ざめ、これを自分の頭からはずしたというわけだ」

隊長はそばにあるヘルメット状のものを指さした。ただのヘルメットでなく、精巧な感じを与えるもので、一端からコードが伸びていた。私は聞く。

「なんでしたっけ、それは……」

「夢を見せる装置だよ。夢なしで長い長い時間を眠りつづけると、脳細胞の働きがおとろえ、頭がぼけてしまう。といって、各人がそれぞれ勝手な夢を見ると、目ざめたあと気分の統一に時間がかかり、すぐ仕事にかかれない。その問題を解決するために開発された装置だよ。みながヘルメットを頭につけて眠ると、おたがいのヘルメットはコードで連絡されていて、だれもかれも共同で同じ夢を見る」

隊長の手にしているヘルメットのコードは、部屋の端にある、四角い金属製の装置に伸びていた。そこからは、コードが私のほうにもきている。私は自分の頭に手をやる。ヘルメットがあった。それをはずし、眺めてうなずきながら私は言った。

「そうでしたか。ずっとこれで夢を見ていたというわけか。われわれは、自分たちみんなが参加し出演している夢を、それぞれが見ていたのですね」

隊長は答える。

「そういうことだ。しかし、まずわたしが目ざめ、ヘルメットをはずした。そのため、共同の夢のなかから、わたしが消えたというわけだろう」

「そういうことになりますね。どうりで、いくらさがしまわっても隊長を発見することができなかったわけだ」

「もっとも、わたしとしては、夢の世界から自分が消えることになるとは知らなかった。これはあとから知ったことだよ。さて、わたしはレーダーを調べ、前方に存在するのが惑星らしいと判断した。それを確認するため、通信士に詳しい測定をやってもらおうと思った。そこで、彼のヘルメットのスイッチを切り、起きてもらった」

「そうでしたか」

「測定の結果、未知の新しい惑星であることが、はっきりした。われわれは、それを目ざさなければならない。そのためには、宇宙船の進路を少し変更しなければならない。わたしは、つぎに第一操縦士に起きてもらった。起きてもらうたびに、夢の世界での消失さわぎを聞かされた……」

「だんだんわけがわかってきました。しかし、そういうしかけとは、出発前に聞きませんでしたね。もっとも、聞いていたとしても、その記憶は夢の世界まで持ち込めなかったでしょうが。すっかり驚かされてしまいましたよ。わけもわからず、ひとりずつ消えていったんですから。まさに悪夢だ。目がさめずにあの夢が続いていたら、気が変になっていたかもしれない」

私は息をついた。だが、隊長は手を振って言う。

「いやいや、そんなことはないさ。あくまで夢の中のことだからな。悪夢を見たのが原因で頭がおかしくなったやつはいないよ。むしろ、少しぐらい悪夢だったほうが、目がさめてからほっとし、いい作用を残すといえるかもしれない」

「そうかもしれませんね……」

と私はひとりごとのように言った。ひとりずつ消えていった時、さびしくてならなかった。消えていった者たちの長所ばかりを思い出し、欠点は忘れてしまった。戻ってきてくれと心から祈ったものだ。げんに今の私も、みなに会えたうれしさで、心は喜びにあふれている。

そのうち、私は思いついて言った。

「あ、それはそうと、第二操縦士を早く目ざめさせてやりましょう。おそらく彼は、いま夢のなかでたったひとり、恐怖にふるえているはずですよ」

「そうだな、そうしよう」

隊長は言う。われわれは第二操縦士の眠っているところへ行った。彼はヘルメットをかぶり毛布にくるまって眠っている。この毛布は体温を下げ冬眠状態にする作用を持つものだ。隊長は指でスイッチを切る。それとともに毛布の温度はあがり始め、ヘルメットは口のあたりに薬品の霧をただよわせる。それらによって冬眠からさめるのだ。

第二操縦士は、低くうめき声をあげている。夢は終ったが、孤独の不安感がつづいているのだろう。みなは彼に声をかけ、からだをたたく。

「さあ、しっかりしろ。起きるんだ」

やがて、彼は細く目をあけ、まず私を見つけ、そして、言う。

「ああ、副長。ぶじだったんですね。どうなったかと、息のとまる思いでしたよ。なにしろ宇宙船のなかから、とつぜん消えてしまったんですからね。ぞっとしてしまいました……」

彼はまわりを見まわし、ほかの者もいることを知る。

「……全員ぶじだったのですね。いったい、これ、どういうわけですか」

彼は変な声をあげた。だが、だれも笑わなかった。それに対して私は、さっき私がされた説明をしてやった。事情がわかるにつれ、第二操縦士は安心し元気づいてきた。

「なるほど、わかりました。悪夢が終ってほっとしましたよ。みんなとは、二度と会えないんじゃないかと、死ぬよりさびしい思いでしたが、ここで、またいっしょに仕事ができるんですから。どんな困難な仕事でも、あの孤独感よりはずっといい」

私は内心で、あらためて考える。あの、夢を見せる装置、うまくできていやがる。終りのほうでちょっと悪夢に仕上げ、目ざめた時に、みなの心に協力しあおうという感情をうえつけてしまうというわけだ。気をそろえて、すぐ仕事にかかれるように……。

ばらばらの夢だったら、こうはいかないだろう。同じ夢だったとしても、同時に目ざめたのでは、これまただめだ。ひとりずつ目ざめさせるところが効果的なのだ。だれが開発したのかしらないが、うまいしかけだ。

前方の未知の惑星は、しだいに近づきつつある。宇宙船内には活気がみちてきた。隊長はきびきびした口調で命令する。そして、だれもが、自分のなすべきことをはじめた。

収容

夕ぐれの部屋のベッドの上。久美子の若々しい肌は白くなめらかで、ほのかなにおいと輝きにみちている。窓のそとの静かで深い湖も神秘的だが、彼女のからだの神秘さも、それに劣らない。私はその肌に口づけをくりかえす。すると、そのあとはかすかに色づき、いくつもの花びらが散ったようになる。彼女は、かわいらしいハトのような声をもらした。

すばらしいのは、なにも肌だけではない。肩も腕も、胸から腹にかけても、すべて弾力にみちた微妙な曲線で構成されている。ただよう霧、ゆれつづけるかげろう、春のそよ風のように、やわらかな優雅な動きをみせている。

いうまでもなく、顔も美しい。長い髪、感情にみちた形のよいくちびる、きれいな歯。つまり、どこもかしこも魅力的なのだ。私の目にだけそううつるのではない。たいていの男は久美子を見ると、一瞬はっとしたような表情になり、それから彼女のからだに好色の視線をそそぐのだ。私のいらだたしい気分をわかっていただけるだろう。久美子をそういういやらしい連中の目にさらしたくない。彼女がもう少しみにくければいいのに。時どき、久美子の顔をめちゃくちゃにしてしまいたい衝動にかられる。だが、いくら激情が高まっても、私はそれほどのばかではない。美しいからこそ彼女は貴重なのだし、私がこうも夢中になる理由も、そこにあるのだから。

久美子には、浮気っぽい性格があるようだ。私にかくれて、へんな男とつきあっているのではないだろうか。男ならだれだって、久美子をくどいてみたくなるだろう。そんな時、彼女はどんな応答をしているのだろう。それを空想すると、私の内心は嵐の海のようになる。

私以外のだれかと、つきあっているんじゃないのか。そう聞いてみたいところだが、なんの保証にもなりはしない。

「そんなことないわよ。あたしが愛しているのは、あなただけ」

との返事がいつもかえってくる。本当なのかどうか、それを確認する方法はない。だが、私はそれを知りたくてならず、久美子の目の奥をのぞきこむ。もしかしたら、そこに見知らぬ男の影が宿っているのではないかと。

あまり見つめると、久美子は恥ずかしげに笑いながら、まぶたを閉じてしまったりする。かわいらしいしぐさ。私はだきしめる。疑惑があるからこそ愛があるのだろう。

私は三十歳、金もあり容貌だって悪くはないつもりだ。だが、たまらなく不安なのだ。

ここは高原地方の湖のそばにある、小さな山小屋。林にかこまれていて、久美子と二人ですごすにはいいところだ。都会のなかとちがって、久美子にふりそそぐ男の視線が少なく、私もそれだけ気が落ち着く。

「久美子、お酒は……」

と私が言うと、彼女はうなずいた。

「いただくわ」

久美子のからだはほんのりと、さらに悩ましげに……。

暗くなりかけた窓のそとで、物音がした。耳なれない音。木や草の葉がこすりあわされるような音。だが、風のたてる音でもない。リスが走りまわる音でもない。といって、人の足音でもない。しかし、なにかが動いている音であることは、たしかだった。そして、それはこちらに忍び寄ってくる。

「なんの音なの。あたし、こわい……」

久美子は小さな声で言い、急いで下着をつけ、私にだきついてきた。からだのふるえと激しい動悸とが、はっきり伝わってくる。もちろん、私だってこわい。だが、彼女をそのままにして逃げるわけにはいかない。彼女は私の宝であり、命なのだから。久美子をだきよせ、私は息づまる緊張のなかで待った。

そとの物音は、山小屋のすぐそばまで迫った。強い力がドアを内側に押し倒し、なにものかが侵入してきた。

「乱暴なことはよして下さい。警察へ電話しますよ」

私はせい一杯の声で言った。あくまで久美子をかばわなくてはならず、彼女の前でいくじのない態度はとれない。しかし、そんなことを気にかける必要はなかった。侵入者の姿を一目みて、久美子は私の腕のなかでぐったりとした。気を失ってしまったのだ。

私もそれをよく見た。あらわれたのが幽霊だったら、どんなにいいだろう。そんな思いが頭をかすめた。白っぽい軟体動物がそこにいた。大型のカタツムリといったところだった。長さは二メートルぐらいあるだろうか。こっちにむかって、前半身をもたげている。

背中には殻をしょっている。長い触角のつき出た頭。それは床をゆっくり滑りながら近づいてくる。私は目をつぶった。目を閉じたからといって、消えてくれるわけではない。やがて、そいつが私にさわった。ぬらぬらしたつめたさ。悲鳴をあげながら、私もまた気を失った……。

意識がもどってきた。こわごわ目を開くと、そこはどこかの室内の大型のベッドの上だった。そばには久美子が横たわっており、私はほっとした。彼女はまだ気を失ったままだ。よほど、ショックが強かったのだろう。

天井からはほどよい明るさの照明がふりそそぎ、窓にはカーテンがかかっている。もっとよくあたりを見ようと思い身を起すと、部屋のすみに、あの大きなカタツムリがいた。

やはりいい感じではなく異様そのものだが、二度目ともなると気を失うほどの恐怖ではない。それに、私たちに危害を加えないらしいと推察できた。好奇心がめばえる精神的な余裕ができた。なにが起ったのだろう。どういうことになったのだろう。

室内の家具の色や形や材質など、はっきりと指摘はできないが、どこか普通とちがうものが感じられる。なぜこんなところに運ばれてきたのか、見当もつかない。私はつぶやくように言った。

「ここはどこなんだろうな……」

すると、カタツムリが答えた。

「ここは宇宙空間」

私はベッドからかけおり、窓のカーテンをあけてのぞいた。星々がいちめんにきらめいている。深い暗黒のなかに散る、またたかぬ星々。ここは宇宙空間に浮ぶ物体の内部らしい。ゆるやかに回転することにより、床に重力が発生しているようだった。カタツムリが口をきいたことより、宇宙にいることの驚きのほうが大きく、私は見つめつづけた。

回転するにつれ、窓のそとの星々も一巡した。しかし、そこには月も太陽もなく、地球らしい星もなかった。どうやら、太陽系をはなれた、宇宙空間のただなからしい。

「なぜ、こんなところへ……」

私が言うと、カタツムリが答えた。

「わけを話そう。おまえたちは、もう逃げられない。いやだと言っても、どうにもならないことなのだ。あきらめてもらおう。われわれはワジャ惑星の者だ。おまえたちとは、体形がずいぶんちがう。おまえたちはわれわれを見て不快だろうが、われわれもおまえたちを見ると不快になる。それは主観の相違。客観的なちがいは、われわれのほうが、はるかに科学力でまさっている点だろう」

「…………」

「ところで、ワジャ惑星は人口増加で困っている。地球という惑星をいただきたいのだ。いや、いやだと言ってもやめる気はない。その計画達成のため、どのような作戦をとるべきか研究しなければならぬ。地球に接近し観察をつづけた。言葉を話せるようになったのは、その時に受信した電波を分析した結果だ……」

「それにしても、こんなところへ……」

と私は無意識のうちに久美子をかばいながら、抗議の思いを口にした。

「おまえたち、どうされるかと心配なのだろう。しかし、そうこわがることはない。危害を加えるつもりはないのだ。ここで生活をつづけてもらいたい。食料も水も充分に用意してある。地上よりはるかに清浄な空気がここにある。病気になることもないだろうが、万一の時のために万能薬もそなえてある。ほかになにか欲しいものがあったら、申し出てくれ。われわれが作って提供する」

しだいに事情がわかってきた。私は言う。

「なるほど、くわしく調査するための実験動物というわけなんですね」

「まあ、そう思ってもらいたい。不満か」

「いや……」

普通の人なら屈辱感で耐えられぬ気分となるかもしれない。しかし、久美子と二人だけでいられるのだと思うと、私にはいくらか救いだった。正直なところ、うれしさもあった。カタツムリはさらに聞く。

「おまえたちは二人とも健康体か」

「肉体的な欠陥は、なにもありません」

その答えを確認するためか、相手は私の顔に霧のようなものを吹きつけ、もう一回聞いた。自白剤かなにかだろう。私が同じ答えをくりかえすと、相手は満足したらしかった。カタツムリはその質問をやめ、私と久美子からそれぞれ下着をはぎとった。

「地球から身につけてきた物品は全部とりあげる。変なものを持っていられては困るのだ。着る物は、そこの戸棚のなかに用意してある」

はだかにされた私と久美子は、X線らしきもので、なにかかくし持っているのではないかとさらに検査された。

「これでよし。まあ、お二人で楽しく暮して下さい。時どき見まわりに来ます。それから、戸棚のなかにはいい飲み物がおいてあります。お飲みになって下さい」

カタツムリ型のワジャ星人はこう言い残し、小型宇宙船に乗って星々のかなたへと去っていった。

かくして私と久美子との、はだかでの生活がはじまった。戸棚に衣服はあったが、着る必要はなかった。空気は適温だったし、他人の目もなかったからだ。

あとで意識をとりもどした久美子は、私から事情の説明を聞き、一時は呆然とした。しかし、あきらめなければならないと知り、現状に満足するようになった。脱出の方法など、まるでないのだ。生活は保証されている。私たちは愛撫しあい、それは時の流れを忘れるほど楽しかった。少なくとも私にとっては、申しぶんのない世界だった。

すばらしい発見もあった。ワジャ星人が言い残していった、戸棚のなかのびんの飲み物。好奇心から飲んでみた。性感の高まる作用のものだった。からだがとろけるようで、しかも強烈な刺激。その味をしめると、飲むのをやめられなくなる。夢のような日々。いや、いつまでもつづく甘い夜というべきだろう……。

何週間かの時がたった。ワジャ星人が巡回に訪れてきた。久美子は会いたくないと戸棚のなかにかくれ、私だけが応対した。

「実験動物にされていい気持ちとはいえませんが、いちおうは満足していますよ。だけど、あなたがたワジャ星人たち、いったいなにを知りたいんです。こんなことをして、なにかの役に立っているんですか」

「そうさ。地球人の生殖の実態を知るのが目的なのだ。そうそう、きょう来たのは飲み物の液体の補給のためだ。あれはいかなる生物に対しても、性欲を高める作用を持つ。飲んでみただろう」

あのびんの薬は、やはりそうだったのか。

「ええ、とてもよくききましたよ。なくなったらどうしようかと、心配していたところです。たくさんおいてって下さい」

「そうこなくてはいかん。そこがつけめなのだ。おまえたちを、いやおうなしに生殖に追いこむ。地球から持参した品はすべて取り上げたから、避妊もできまい。おまえたちは、生殖せずにいられなくなる」

「いやに生殖に熱心のようですが、どういうつもりなのです。地球人をふやして、家畜にでもするつもりなんですか」

「とんでもない。地球人は家畜としての価値もない。生殖の実態が判明すれば、それを防止する薬品か電波の開発は容易だ。その完全なのを量産し、地球にばらまく。人類絶滅は時間の問題。待っていれば、あとはわれわれの惑星となってしまう」

「なんというひどいことを……」

「悪く思うなよ。おまえたちは、すでにわなにかかったのだ。反抗のために自殺したって、むだだよ。すぐかわりの二人をさらってくる。せいぜい、われわれの目的に協力してくれ。あばよ。そのうちまた巡回に来る……」

ワジャ星人のカタツムリは帰っていった。

びんの液体を私は二つのグラスになみなみとつぐ。一杯を自分で飲み、もう一杯は久美子に飲ませる。彼女の目は情熱にうるみはじめ、息づかいが高くなる。私もまた同様。なにもかもバラ色に燃えあがるような気分のなかでの、限りない愛撫……。

なんという楽しさだろう。久美子はずっと私のものなのだ。久美子を誘惑しようとする男もここにはいないし、久美子が私にかくれて浮気をすることもない。ワジャ星人は自殺を心配していたが、こんな世界で、だれが死を考えたりするものか。

私に肉体的欠陥はまったくないが、精神的欠陥となると、ないとはいえない。こんな楽しいことがなぜ欠陥なのかわからないが、ひとは同性愛と呼んで変な目で見る。

「久美子、楽しいかい」

私は男っぽい口調で呼びかける。身についてしまった習慣だし、そこがまたいいのだ。久美子はうっとりとした声で言う。

「ええ、とっても……」

このひそかなる秘密は、ワジャ星人たちにいつ知られてしまうのだろうか。しかし、カタツムリから進化したらしいあの宇宙人、なかなか気がつかないのではないだろうか。カタツムリとは雌雄同体の生物、男女の区別というものを知らないにちがいない。だから、私たちの快楽も地球の安泰も、まだ当分のあいだは心配しなくても……。

流行の鞄（かばん）

改札口の上にある、丸く大きな時計の針が午後の五時半を示し、夕方の駅はラッシュアワーをむかえていた。

その中央口の付近は、相当な広さを持っていた。だが、あふれるような人の波のために、むしろ狭すぎるようにさえ感じられた。

限りない数の足音がコンクリートの床の上におこり、壁ぎわの切符の自動販売機は、単調な音を休むことなくくりかえしていた。また、話し声、パンチを入れる音。ホームの方角からは拡声器での発車案内、ベルの音、電車の響きが流れてくる。薄暗くなりかけた駅のそとからは、自動車のクラクション、広告アナウンスの音楽と声。ここにはあらゆる音が集っていた。

この駅のそばにはオフィス街があり、また近くには夜の盛り場をひかえているので、その混雑ぶりは、ほかの駅とくらべて一段とはげしいように思えた。

駅は掃除機のように、会社での一日の勤めを終えた人たちを吸いこみ、同時に水道の蛇口のように、バーなどでの夜の仕事に出かける人たちを吐き出してもいた。この二つの流れがすれちがい、ざわざわした雰囲気を高めていた。それにまざって、ひとと待ちあわせているのか、時計を見あげながらぼんやり立っている人たちもあった。もちろん、見当のつけようのない連中も、あたりをうろついている。

まるでアリの巣の穴のようだ、と形容したくなる人もあるかもしれない。しかし、アリはどれも同じようなことを考えているのだろうし、一方、駅の人びとは、それぞれまったく、ちがったことを考えているのだ。

アリは事件をおこさないが、人間は事件をおこす。これだけの人数が集れば、なにか変った事件の一つや二つが、おこったところでふしぎではない。おこらないほうがふしぎなくらいの、混雑ぶりだった。いや、もうすでに、おこりかけているのかも……。

駅のなかには売店があった。週刊誌や新聞やタバコなどが、あわただしく売れていた。

そして、その売店のとなりには、荷物の一時預り所があった。駅で経営しているのか、民間にまかせてあるのかわからなかったが、それは利用者にとって問題ではなかった。受け取りにくるまで確実に預かっていてくれさえすれば、それだけで充分なのだ。

預り所は、けっこう繁盛(はんじょう)していた。これまで、まちがいなく運営されてきたことを示していた。人びとは入れかわり立ちかわり、荷物を預け、また受け取って去ってゆく。

「おい、この品を渡してくれ」

あまり目立たない、紺の背広を着た三十歳ぐらいの男があらわれた。彼はポケットから預り証を渡した。

「はい。かしこまりました」

と、預り所の女の子はうなずき、それを受け取り、奥のほうの棚を並べた室にはいろうとした。

その時、もう一人の客があらわれた。その男は、茶色っぽい服を着ていた。

「あ、ついでにこれもたのむ。鞄だ」

と、預り証を指先にはさみ、振りまわしながら言った。女の子は足をとめてふりむき、それを持って奥へはいった。しばらくして、彼女は両方の手に小さな鞄を一つずつさげて戻ってきた。

「お待たせしました。はい。これはこちらのかた……。あら、ちがったわ。この鞄が

こちらさまのでしたわ」

仕切りの台の上に鞄を置きながら、彼女が一瞬とまどったのも無理もなかった。こうして並べてみると、その二つの鞄は、あまりにもよく似ていたのだ。いや、似ているというより、同じといったほうがよかった。

大きさは、ちょうど電話帳ぐらいで、上部をファスナーであけて出し入れするようになっていた。このごろ流行しはじめた、紳士用の皮鞄というやつだった。外国映画のなかで、ある俳優が使いはじめたのがきっかけで、鞄の業者がそれに乗って宣伝をした。また、雑誌のおしゃれ欄が、側面からの援助をした。

男性が洋服のポケットにいろいろな物を入れ、ふくらませているのは、あまりいいスタイルではない。持ち物は、手ごろな鞄に入れて携帯すべきである。

こんな記事のために、この型の鞄が流行しはじめた。あたりを行きかう人びとのなかにも、この鞄を持っている男性がちらほら見うけられた。なかに入れてある品は新書判の本、小型ラジオ、書類などと、千差万別にちがいないが。

いま台の上に並べられた二つの鞄は、いずれもこの型で、しかも同じような色で、汚れのまったくない新品だった。そのため、外見だけでは区別のつけようがなかった。

紺の服の男はちょっと眉(まゆ)を寄せた。

「おい、たしかなんだろうな」

こうつぶやきながら、彼はなかをたしかめようとして、上部のファスナーを引っぱり、そっとのぞきこもうとした。そのとたん、そばにいた茶色の服の男は、あわてたような大声をあげてさえぎった。

「あ、困りますよ、勝手にのぞかれたりしたら。大切なものが、はいっているのです。わたしの鞄は、わたしがたしかめます」

と、開きかけた鞄と紺の服の男の顔のあいだに、自分の頭をわりこませてきた。すると、紺の服の男は開きかけたファスナーを急いでもとに戻した。

「失礼な。見られたら、こっちだって困りますよ」

二人は顔を見あわせ、どちらからともなく苦笑した。そして、なかをあけるのをやめて、手ざわりで区別をつけようと試みた。しかし、堅い皮でできた角型の鞄なので、手で触れただけでは、なかの物を知ることはできなかった。

つぎに、重さをくらべてみようとした。二人はかわるがわる手で鞄を持ちあげてみて、首をかしげた。どちらの鞄も、区別できないほど同じような重さだった。手ごたえのある、意味ありげな重み。

二人の男は預り所の女の子にむかって、口をそろえて文句を言ってみた。

「おい、どっちがわたしの靴なのだ。責任をもって区別をつけてくれなければ、困るじゃないか」

だが、彼女はべつに恐縮もせず、落ち着いた口調で答えた。

「さっきお渡ししたとおりで、まちがいはありません。この預り所では、いままで、渡しちがいのような問題をおこしたことは、一度だってありませんわ。ごちゃごちゃになさってしまったのは、お客さまたちのほうではございませんか」

二人は頭をかいた。彼女の言うとおりだった。交替で重さをくらべているうちに、はじめに渡されたのがどっちだったのか、わからなくなってしまっていた。

「これは弱ったことになったな」

と、つぶやく二人に、彼女は常識的な言葉を追加した。

「そうお困りになることはないんじゃありませんか。なかをあけてのぞいてみれば、ご自分の靴はすぐにわかるわけでしょう」

「それはそうですが……」

と、言いかけて、紺の服の男は口ごもった。そして、そのあとの言葉は頭のなかでつづけた。

この相手がのぞかせてくれないのだ。もちろん、相手にのぞかせてやれば簡単にかたがつくだろう。普通の場合なら、それくらいの譲歩はしてやってもいい。しかし、いまの場合だけは、そうはいかない。なぜなら、この鞄のなかには見られては困る品、つまり禁制品がはいっているのだから。

彼の鞄には、非合法なルートで密輸入した宝石類、ヒスイだのダイヤだのが相当量つまっていた。

密輸入とはいっても、そんなレッテルがはってあるわけではないから、見ただけでは合法、非合法の区別はつかない。しかし、この宝石類を目にしたとたん、相手の男がふいに悪心を抱き、こっちが自分のだ、などと、とんでもないことを主張しはじめないとも限らない。なにしろ、夜の盛り場が近くにあるこの駅では、油断のできない男がうろついている可能性は大いにあるのだ。紳士用の鞄を持っているから紳士だとは、断言できない。

それで言い争ったあげく、交番に行くことになったりしたら、なにかの拍子に密輸品であることが、ばれるかもしれない。交番にいる警官という人種は、つまらないことを熱心に質問し、手帳に書き込みたがるものだ。しっぽをつかまれでもしたら、めんどうだ。

まあ、交番での応対はうまくごまかすとしても、そんなことで時間を費したくなかった。彼は近くの喫茶店で、七時にある相手と会い、鞄のなかの宝石類を金にかえる予定を持っていた。

しかも、その取引きの相手の人相を、彼は知っていなかった。ボスから教えられた喫茶店の名、時刻、合言葉だけがたよりだったから、時間におくれるわけにいかなかった。

紺の服を着た男、密輸氏はためいきをつき、目の前の二つの鞄を、うらめしそうに見つめた。この流行の鞄がいけないのだ。だれでも持っているし、目立たなくていいだろうと思って買ったことが、かえってあだとなってしまった。

流行を追うぐらい、つまらないことはない。密輸氏はよく新聞などで見る、識者のもっともらしい意見を、いま痛切に思い出した。個性のある鞄さえ買っていれば、こんなごたごたに巻きこまれないですんだのに。

しかし、このままではしようがない。約束の時間は迫っている。早いところ、自分の鞄を手にしなければならなかった。密輸氏は言葉づかいを改めて、茶色の服の男にたのんでみた。

「お願いします。なんとかわたしに、なかをたしかめさせて下さいませんか」

「そうしてあげたいところなのですが……」

と、茶色の服の男は言いかけて、語尾を濁した。そして、その先は心のなかで言葉とした。

そちらにも事情がありのようですが、こっちにも事情があるのですよ。はるかに大きい事情が。私の鞄にはいっている物は、なみたいていの物ではないのです。

こっちの鞄のなかには、ひとから預かった札束が、ぎっしり詰まっている。もちろん、札束を持ち歩いてはいけないという法律など、世の中にはない。しかし、それは理屈の上だけのことで、札束を見るとむらむらと考えを変え、法律を破りたくなる人間は、世の中に大ぜいいる。

しかも、こんな時間の、こんな場所だ。ひったくられて、人ごみに逃げこまれでもしたらことだ。この紺の服の男は、気のせいか、そわそわした目つきをしている。すかさず飛びついて、組み伏せるつもりではいるが、人だかりがして、警官でも来られたらうるさい。

名前も聞かれるだろうし、時間もかかる。茶色の服の男、この札束氏はあまりゆっくりしていられなかった。彼はこの札束と引きかえに、宝石類を受けとる仕事を持っていた。その相手は未知の人物で、落ちあう喫茶店の名、時刻、合言葉だけしか知らされていなかった。そのため、さわぎに巻きこまれて時間をつぶすことは、極力さけなければならないのだ。

「いかがでしょう。ぜひ、わたしにあらためさせてください」

と、紺の服の密輪氏はまた言った。

「いや、わたしのほうにあらためさせてください」

と、茶色の服の札束氏は、同じことを言った。

二つの鞄(かばん)をあいだにして、二人はまばたきをした。相手は強情で、手ごわそうな男だ。といって、ゆずることはできないし、また、事情をくわしく説明するわけにもいかない。なにかいい口実はないだろうか。

だが、名案は頭に浮んでこなかった。二人はほとんど同時にポケットからタバコを出し、口にくわえた。そして、それに気づいてあわててライターを出し、おたがいに相手のタバコに火をつけあった。煙を吐く二人の口もとには、なんともいえない表情がただよっていた。

駅の混雑はほんの少しまばらになり、行きかう人びとの歩き方は、さっきにくらべて早くなっていた。

その時、思いがけない事件が、この二人にもたらされた。

勢いよく駅にかけこんできたグレイの服の男と、同じようにそわそわした足どりで、改札口から出てきた黒い服の男とがぶつかったのだ。

その二人の手から二つの鞄が落ち、密輸氏と札束氏のあいだに転々とした。

「や、失礼」

グレイの服の男はこう短く言い、身をかがめて鞄を拾おうとしたが、驚いたような表情で目を丸くした。

自分のと同じような鞄が、そこに四つもある。彼はあわてた手つきで手あたりしだい、ファスナーをあけようとした。しかし、一つもあけてみないうちに、すばやい、力強い三つの手によってさまたげられた。

「勝手にあけられては、困りますよ。ご自分でつけた目印を示して、それを持っていってください」

と、三人のうちのだれかが言った。

「しかし、べつに目印をつけてありません。こう同じ鞄では、なかを見ないと、わからないではありませんか。わたしは急ぎますから、失礼して……」

と、グレイの服の男はせきこんで言った。そうだとも、おれみたいに重大な場面にあり、急いでいる男など、めったにあるものではない。

彼はいま、殺人をしてきたところなのだ。一刻も早く、このへんから離れなければならない。もっとも、かっとなっての殺人ではなかった。ある人にたのまれておこなった殺人だった。

仕事の統制を乱す一人の男を殺すように、ある人に依頼された。このグレイの服の男は、すでに何度かそのようなことを引き受けていたし、今回も手ぎわよくそれを果たした。

部屋のなかに一人でいた目的の男に、さりげない態度で近づき、用意してきた噴霧器に入れた麻酔薬を、ふいに吹きつけた。彼のように手なれてくると、相手に無用の苦痛を与えるようなことはしない。それから、丈夫ななわを使って首をしめた。

つぎに、鋭いナイフで右の手首を切り落とした。これは、依頼者へ持っていって示す証拠だった。これを持ち帰らないと、報酬をもらえない。

ビニールに包んだその手首と、凶行に使った道具いっさいがこの鞄のなかにはいっている。こんなところで鞄の中身を見られるようになったら、収拾のつかないことになってしまう。殺人事件と証拠品と犯人とが、ひとまとめになっているのだから。

グレイの服の男、殺人氏は四つの鞄を持ってみた。だが、重さだけではわからなかった。手に持って揺らせてみて、その感じから、これではないかと思えるのがあったが、確信は持てなかった。まちがえて自分のを置いてゆくことは、許されないのだ。彼は鞄を持って、一つずつ強く振ってみようと思った。

その時、殺人氏とぶつかった黒い服の男が、その一つを持ちあげ、そわそわした声で言った。

「これがわたしのではないかと思うんですが。いただいて行きますよ」

そして、急ぎ足で戻ろうとした。しかし、殺人氏は反射的に肩をつかまえ、引きもどした。

「どうしてそれがあなたのだと言い切れるのです。印がついているのなら、それを教えてください」

殺人氏は自分が言われた目印について、今度は逆に聞いてみた。密輸氏も札束氏もうなずいた。まちがえて自分のを持って行かれたら大損害だ。大損害どころか、ボスにどんな目にあわされるかわからない。殺し屋を派遣されないとも限らないのだ。

「いや、印などはついていません。きょう買ったばかりの鞄ですから。しかし、たしかにこれだと思います」

黒い服の男はあわれな声を出した。絶対に逃がしはしないぞ、という勢いの三人に囲まれていては、あわれな声にならざるをえない。三人を代表して、札束氏は念を押した。

「お持ちになるのはかまいませんが、世の中にはまちがいという事もあります。念のために、なかみをわたしにのぞかせてください」

「いや、それは困ります……」

黒い服の男の顔は、声と同じくあわれをとどめていた。現在のおれのように情けない局面にぶつかった男は、いままでになかったのではないだろうか。同情してくれたっていいだろう。鞄のなかにこんなぶっそうな物を持っている者など、どこにもいるはずがないのだ。

だが、黒い服の男はそれを説明するわけにいかなかった。彼の鞄のなかには、最新式の時限放火装置がはいっている。しかも、すでに始動をはじめてしまっていた。あと数時間。つまり夜中ごろに発火するようになっているのだ。

彼はこれをある部屋のなかに、窓から投げこむよう依頼されていた。その部屋を示す地図も、この鞄のなかにはいっている。しくじったらただではすまないが、うまくやりとげると金をもらえる約束になっていた。

こんなところで、ぐずぐずしているわけにはいかなかった。黒い服の男、時限氏は、街が暗くなったら、早いところ、このぶっそうな物を手放し、仕事をかたづけてしまいたいと思っていた。

万一、時限装置が狂っていて、予定より早く発火したら、目もあてられない状態になる。この駅でそれが起ったら、どうなるというのだ。時限氏は、こわごわここまで運んできた。いま床に落した衝撃で、装置が狂わなかったとはいいきれない。それなのに、この三人の男はのんびりしている。しかも、グレイの服の男は、鞄を揺らそうなどとしている。

時限氏はうらめしそうに三人を眺め、それから、びくびくしながら、鞄の一つ一つに耳を当ててみた。しかし、どれも音はしなかった。時限装置がぜんまい仕掛けじゃなく、電池を利用したものであるためかもしれなかった。

自信を持って区別をつけることはできなかった。時限氏もまた、ほかの三人のように、心のなかで流行をのろった。ぶっそうなものだからこそ、怪しまれず、目立たないようにと、こんな鞄を選んだのが逆になってしまった。

頭のすみに〈木の葉をかくすには、森のなかがいちばんいい〉とかいう言葉があったせいだ。時限氏は、この無責任な文句を考え出したやつをのろい、それにだまされた自分のひとのよさをのろった。

ほかの三人も、同じようなことを考えていた。

「では……」

たまらなくなった密輸氏が言いかけたが、そのままやめた。べつに、いい案があるわけでもなかったからだ。しかし、言いかけてやめるわけにもいかず、内心とはかけはなれたのんきな言葉を口にした。

「みなさん、名前ぐらいつけておいてくだされぱいいのに。流行の鞄をお持ちになるのなら、そうなさるのが常識ですよ」

それにたいして、殺人氏が言いかえした。

「あなたのにはついている、とおっしゃるのですか。それなら、そこを指さして持っていってください」

密輸氏は黙り、ほかの者もこれに関してはそれ以上、口にしなかった。名前をれいれいしくくっつけてぐあいの悪い点では、だれもが同じことだった。

「困ったことになりましたな。わたしには約束があるのですよ。急いでいるのです」

と、札束氏は駅の時計を見あげ、自分の腕時計でたしかめ、すでに取引きの約束の時刻になったことを知って、悲鳴をあげた。

「わたしだってそうですよ」

密輸氏、殺人氏、時限氏もいっせいに応じた。札束氏はこの時、ある名案を考えつき、すぐにそれを口にした。

「このままではきりがありません。どうでしょう。あなたがたの鞄をわたしに売ってくれませんか。なかみといっしょに、いい値段でひきとりましょう」

自分の鞄のなかには札束がつまっている。これを使えば買いとることができるだろう。自分のもうけは消えてしまうかもしれないが、こんなことに係りあっているよりははるかにいい。

だが、札束氏のこの案も、たちまち否決されてしまった。

「とんでもない。わたしのなかみは、金では売れない品ですよ」

殺人氏と時限氏は言った。密輸氏もまた同感だった。鞄いっぱいの宝石類に匹敵する金を持ち歩いている男など、あるはずがない。いまごろ約束の喫茶店で、いらいらしながら待っているにちがいない取引きの相手以外には。

四人は無意識のうちに足ぶみをし、いっせいにタバコをくわえた。ほかにすることがなかったからだ。だが、三人が火をつける瞬間をねらって、殺人氏は四つの鞄をかかえて、必死の勢いでかけ出そうと試みた。

しかし、それも不成功に終った。申しあわせてでもいたかのように、ほかの三人がそれをさまたげたのだ。まったく、おかしな三人だ。殺人氏は不安を感じた。この三人はぐるなのではないだろうか。一人がわざとぶつかって鞄を落とさせ、待ちかまえていた二人が共同し、いんねんをつけて鞄を巻きあげるという作戦の。たちの悪い恐るべきやつらだ。鞄のなかの品が普通のものだったら、大声をあげて警官を呼んでやるところなのだが。

ほかの三人も似たようなことを考えていた。どいつも油断のできないやつららしい。やるのなら、いま以上のすばやさでやらないと、だめなようだ。そうなると、神業でないと成功はおぼつかない。

四人はあらためてタバコを吸いはじめたが、警戒の念はいっそう高まっていた。

時間がたち、駅の混雑はおさまっていた。そとの街では、ネオンがいらだたしさをかきたてるように点滅していた。駅にはいってくる男のなかには、顔の赤い、千鳥足のもまざりはじめていた。

酔っぱらいの一人が好奇心を抱いて寄ってきたが、真剣な表情でにらみあっている四人を見て、また改札口のほうへと戻っていった。

「ねえ、お願いです。少しどちらかに寄っていただけませんか……」

預り所の女の子が、四人にむかってこう言った。たしかに、鞄をあいだにして四人の男が身をかたくして立っていては、預り所の仕事のさまたげになる。

四人はたがいに目をくばりながら、少しずつ売店と反対のほうに移動した。足の先で鞄を押すようにしながら。

しかし、あまり鞄にばかり気をとられていたため、そばにぼんやりと立っていた、人待ち顔の男にぶつかってしまった。

そして、またも鞄が一つ加わった。それを落したのは、レインコートを着た男だった。その男は、自分のと同じ鞄が五つもあるのを見て、当惑した表情を浮かべた。

こんどは時限氏が、この瞬間を利用しようと試みた。鞄の一つをつかみ、レインコートの男に差し出しながら、

「これでしょう、あなたのは」

と、ファスナーを引いて、なかをそっと、のぞこうとした。うまく自分のが当るかもしれない。五分の一の確率だ。うまく当れば、全力をつくして逃げればいい。さっきのグレイの服の男は、全部を持ち逃げようとしたから成功しなかった。だが、一つならうまくいくかもしれない。

だが、レインコートの男は意外に強い力でその手をおさえ、とがめるような口調で

言った。

「やめてください。勝手にあけるなんて。警官でもないくせに」

そして、自分であけようとしたが、ほかの四人はそれに飛びついた。

「あなたはそうなのですか」

と、だれかが言った。

「いや……」

レインコートの男は、首をふった。こんなところで、自分の身分をあかす必要はない。彼は私服ではあったが、刑事だった。ほかの署の者と、ここで待ちあわせることになっていたのだ。

彼の鞄のなかには拳銃が入れてあった。服のポケットに入れておくと、どうしてもかさばり、目のきく相手だったら、見ぬかれることもある。夜の盛り場を警戒するのに、それではぐあいが悪い。

流行の鞄なら目立つまい、と思ったのがいけなかった。だが、いままで持っていたのだから、重みですぐにわかるだろうと試みたが、どれも大差なかった。そして、鞄は完全にまざってしまった。

「ああ、また数がふえた」

と、だれかが言ったが、レインコートの私服氏には、なんのことだかわからなかった。そして、例によって彼もなかみを改めさせてくれと言い、例によってはかの連中に断わられた。

私服氏は手帳を出し、警官であることを示して、鞄を取りかえそうかと思ったが、それをやめた。相手は四人だ。それに、あたりには酔っぱらいや、素性のわからない連中がうろついている。そんなのが集ってきて、面白半分にさわがれでもしたら、やっかいだ。

さわぎになっても、拳銃を見せれば静めることができるかもしれない。だが、その拳銃は鞄のなかだ。また、強引なことをしてみて、四人の相手がまともな人間だったとしたら、やはりめんどうだ。このごろはまともな人間も、犯罪者と同じように、むやみに権利だなんだと理屈をこねたがる。彼はもう少しようすを見ることにした。あたりを見まわしたが、待ちあわせる相棒は、まだあらわれそうになかった。

札束氏はやっと決心した。

「どうです。わたしはこれ以上ぐずぐずしてはいられません。いっせいに鞄をあけ、なかをたしかめようではありませんか」

札束を持っていて悪いことはない。この調子で人数がふえていったら、きりがない。

彼はもっと早く、二人だけの時に言うべきだったと後悔した。しかし、いまからでもおそくはない。

「気が進みませんが、いいでしょう」

と、密輸氏が賛成した。宝石を見られてもしかたない。さっきは、混雑にまぎれて持ち逃げされる心配があったが、いまならば逃げた相手を追いかけることができる。

「だめです」

と、殺人氏と時限氏が反対した。そして、

「あなたは」

と、私服氏に聞いた。私服氏は目をまたたき、

「だめです」

と、言った。むやみに拳銃を見せることはない。この四人は、いったいなんで、こんな話をしているのだろうか。頭がおかしいのかもしれない。それとも、なにかたくらんでいるのかも。

「反対のほうが多い」と時限氏。

「それなら、どうしようというのです」と札束氏。

「いっそのこと、川のなかにみなで捨てよう」

と、やけくそになった殺人氏が言ったが、札束氏、密輸氏は首をふった。この妙な会話を聞いて、私服氏は考えた。頭がおかしいのでなかったら、ぐるになって芝居をしているのだ。油断をさせて、持ち逃げしようというのだろう。どうも、はじめからようすがおかしかった。

つかまえてやるか。だが、相手が四人では考えなおさなければならなかった。四方に散られたら、どいつをつかまえていいか見当がつかない。怪しい人物を一人つかまえても、拳銃がなくなったら、それ以上の責任問題だ。当の相手が一人だけなら、すぐにつかまえてやるのだが。

「ああ、時間がたつ」

と、時限氏が悲しそうな声を、またも口にした。はじめに逃げればよかったのだ。事実、逃げようとしたのだが、このグレイの服の男に引きもどされた。だが、顔をおぼえられた今となっては、逃げられなかった。残した鞄のなかみと、人相書きで言いわけはできない。ほかの連中に、穴のあくほど顔をみつめられてきた。ちょうど、こっちがほかの連中の顔をおぼえてしまったように。

殺人氏の場合もそうだった。鞄を落したときなら、逃げれば好都合だったろう。このわけのわからない連中のだれかが、犯人となってくれたかもしれない。報酬のことなど考えずに、そうすればよかったのだ。しかし、逃げるに逃げられなくなってしまった。鞄のなかの噴霧器さえあれば、なんとかなるかもしれないのだが。麻酔薬の効果は、犯行のときでよくわかっている。しかし、どれにはいっているかはわからないし、わかったところで、出させてはくれまい。

札束氏と密輸氏は、ためいきをついた。約束の時間はとっくに過ぎていた。いくら忍耐づよい相手でも、もうあきらめて喫茶店から帰ってしまったろう。きょうの役目ははたせなかった。もうけそこなったし、ボスには怒られるかもしれない。

まあ、もうけはあきらめ、ボスに怒られたら、あやまれば許してくれるだろう。しかし、それには鞄のなかみを持ち帰らなければだめだ。変なやつらにつかまり、おいてきたではすまないのだ。こうなったら、あくまでねばってやろう。だが、いつまでねばったら、ほかの連中はあきらめるのだろうか。

私服氏の内心の不審は、さらに大きくなった。この四人は次にどう出るのだろう。ひとしきり、変なことを口走ったあと、ふいに黙りこんでしまった。だれかが合図をして、それからいくつか数えて、鞄を持っていっせいに散ろうという計画ではないのだろうか。

すると、時限氏が泣きそうな声をあげた。

「ああ、ああ。時間が迫る」

私服氏は身をかたくした。そら、これが合図かもしれない。なんで泣き声をあげる必要があるのだ。彼はそしらぬ顔をして、動きに注意した。

ほかのものは、だれも黙ったままだった。すると、時限氏はまた言った。

「早く運ばないと、くさってしまうんですよ。届け先では待ちかねているでしょう」

私服氏はそっけなく、売店の赤電話を指さして言った。

「じゃあ、あの電話で連絡をしておいたらいいでしょう」

「そのすきに、持ち逃げしようというんじゃないでしょうね」

「大丈夫ですよ」

と、私服氏は苦笑した。かっぱらいとまちがえているのだろうか。ちかいは、これが油断させる計画の一つなのだろうか。

時限氏はほかの四人を見て、持ち逃げを許さない雰囲気がみなぎっているのを察し、それでも警戒しながら、売店にむかい、電話をかけた。

彼は目は鞄から離さず、電話の相手にひそひそ声で、事情を説明しているようすだった。

時限氏が戻ってくると、密輸氏と札束氏が交替で電話をかけにいった。この二人は、ほかの連中がぐるだとは考えていなかったのだ。二人はそれぞれ、ボスに今までのことを話した。

つづいて、殺人氏もがまんできなくなったのか、ついに電話をかけにいった。彼は早口でしゃべり、急いでもどってきた。

「あなたは、電話をかけないのですか」

札束氏は私服氏に聞いた。

「いや、かけません」

と、私服氏は断固として言った。そらきた。これなのだ。八百長の電話をかけ、こっちにもすすめる。そして電話をかけにいったあいだに、消えてしまおうという計画だろう。わかりきった方法だ。

鞄のなかみが拳銃でさえなければ、その手に乗ってやってもいい。そうすれば、現行犯で一人だけでもつかまえることができる。しかし、拳銃を失うわけにはいかない。上役に怒られるだけではすまない。すぐ新聞だねになり、まぬけな警官として、写真入りででかでかとでる。大衆というものは、こんな記事をいちばん喜ぶものなのだ。

ほかの四人は、電話し終って、少し落ち着いたようすだった。あいかわらず黙ったままだったが、駅の入口のほうをしきりと眺めはじめた。片方の目で鞄を、もう一方の目で入口をうかがっているという感じだった。

私服氏は一段と緊張した。いよいよ散るらしい。電話の手に乗らないので、最後の手段に訴えるらしい。そうでなかったら、駅の入口をあんなに気にするはずがない。

彼はくやしくてならなかった。ここまで見抜いていて、どれを追っていいのかわからないのだから。相手が一人ならば、簡単につかまえることができるのに。赤電話のことだって、八百長とちゃんとわかっている。電話をかけるのを、ここから見ていたが、どうも同じような番号にかけていたようだ。

その時、四人の目が入口のほうをむいたままになった。その目の先に一人の男があった。

縞の服を着た年配の男で、鋭い顔つきをしていた。私服氏はそっちをちらと見たが、すぐに鞄に目を戻した。そんなことではだまされるものか。

だが、意外なことに、鞄にはだれも手をつけようとしなかった。私服氏は四人が口々にこう叫ぶのを聞いた。

「ああ、ボス。呼び出したりして、申しわけありません。しかし、困りきっていたところなのです。とてもわたしの手には負えません。あとをよろしく頼みます。品物はこの鞄のなかにはいっています。お渡ししますから、かんべんしてください」

同じように言い終ると、四人は同じように散っていった。

私服氏はキツネにつままれたような気がした。もちろん、四人が逃げることはわかっていた。しかし、鞄を置いたままとは、どういうわけなのだろう。それに、いまのわけのわからない言葉。

私服氏はその縞の服の男をふしぎそうに見た。

「なんという、まぬけなやつらだ……」

と縞の服の男、ボスはつぶやきながら、集った鞄に近づいた。その先の文句は頭のなかでつづけながら。

偶然とはいいながら、手下が四人もはち合わせをして、動けなくなってしまうとは。しかし、それも無理もない。おれはなにごとにも慎重で、手下どうしが知りあわないようにするのが方針なのだから。

手下どうしが知りあうと、ろくなことはない。ボスを追い出そうなどとたくらむやつがでてくる。また、もうけをごまかそうとするやつだって、出てくる。

たとえば、きょうの密輸の宝石だってそうだ。あの二人を顔見しりにしてしまうと、二人で組んで取引きをごまかすにきまっている。ボスとしての秘訣(ひけつ)は、手下を信用しないことだ。手下どうしを知りあいにせず、一人一人を直接に監督するにかぎる。それが、確実で、慎重な方法なのだ。

たとえば、きょうの殺人にしたってそうだ。一人に殺させ、あとからもう一人派遣して、部屋のなかを焼いてしまう。殺したやつがへたに証拠を残したとしても、それは燃えてしまうわけだ。警察だって、捜査にまごつくにきまっている。この場合、二人が知りあいでもあったりすると、おたがいにいい気になり、仕事に熱を入れないものだ。

ボスというものは、このように完全な計画を立て、慎重に進行させておかなくてはならないのだ。もっとも、たまには今のように四人が集って動けなくなることも起るかもしれない。しかし、数多くのうちの一回だ。それは仕方がないだろう。

さて、鞄を全部持って帰るとするか。ボスは鞄を拾いはじめた。まず、凶器のはいっているのを川へでも投げこみ、つぎに時限放火装置を例の部屋に投げこまなくては……。

「待ってください。鞄の一つはわたしのです」

私服氏は声をかけ、同時にボスの手をねじりあげた。さっきから、相手が一人になるのを待っていたところだ。その動きはすばやかった。そして、ボスに言い渡した。

「ちょっと、署まで来てください。鞄のなかみを調べて、わたしのを見つけなければなりません。ところで、あの四人はボスとか呼んでいましたね。やっぱり、ぐるだったのだな。どうも、そうらしいと思っていた。しかし、四人がかりであれだけの芝居をして、わずか一つの鞄をねらうとは、またずいぶんけちな犯罪をはじめたものですな」

あとがき

解説なら、無難に「星新一は日本におけるSF、ショートショートの先駆者である」と、まず書くところだろう。しかし、文句の出る可能性がないでもない。海野十三（うんのじゅうざ）はどうなる。空想科学小説とSFとは、同一とみるべきか、別物とみるべきか、意見の分れるところだ。短い作品となると、川端康成（やすなり）の掌編小説、城昌幸（じょうまさゆき）の怪奇短編はどうなる。ショートショートとの差異は……。

各人各説だが、こういうのを、むだな議論と呼ぶのではないだろうか。私は自分の書きたいものを書いてきたので、SFとかショートショートに強くこだわらなかった。科学的な作品を、そんなに書いただろうか。UFOや霊魂は、科学だろうか。また、普通の短編の長さの作品だってあるのだ。本書に収録の作品など、そういったのが多い。

どうせ呼ばれるのなら「日本には珍しく、時事風俗の描写を避けた作品」あたりが、私もうれしいし、的確なのではなかろうか。

昨年の夏に中国へ招待され、瀋陽の遼寧大学で、日本の小説について、あらましを説明した。戦後の小説に関してとの依頼だったが、戦前にも話が及んだ。そうなる場合を予想し、準備もしていったのだ。連続して考えるべきなのだ。

年代別のリストを作って持っていったのだが、日本の小説はほとんどが風俗小説である。なぜなのだろう。ほぼ単一民族で、国土がせまく、情報が伝わりやすい。だから、その時代を舞台にすれば、書きやすいし、読みやすい。評価もしやすいというわけだ。

そのかわり、古びるのも早い。最近のある文芸誌で読んだが、国文科の大学院生に「永井荷風の作品がわからない」と言われ、教授が驚いたとあった。じつは私、その前年の梅雨の季節に、荷風の『つゆのあとさき』を読んだのだ。入手するのも困難だった。昭和初期の東京が舞台で、私はなつかしかったが、当時の社会や風俗を知らないと、どうしようもない。

あるところで、これを話題にしたら、某大学の経済学の教授が「講義で大佛次郎の名を出したら、作品を読んだのが、ひとりもいない。この名の読み方も知らない」と言う。テレビで「鞍馬天狗」をやったのは、はるか昔だ。遺憾なことですなあ。

死後も読まれつづけているのは、太宰治と山本周五郎ぐらいではなかろうか。二人とも作品は、本質的に風俗小説ではないのだ。そのためか、なんの文学賞ももらっていない。

この両氏と並ぶつもりなどないが、死後はともかく、自分の作品の古びるのをこの目で見るのは、好ましいことではない。

なぜ私が、風俗描写を避けてきたか。結果として、作品の古びるのを防ぐことになっているが、そんな先のことを考えてだったろうか。思い出そうとしても、はっきりしない。

戦中戦後の変化の激しさを見て、無常感を持ったせいか。それもいくらかは、あるかもしれない。これも体験していないと、まあ、わからないだろう。

では、自分で風俗小説を読むのがきらいだったかというと、そんなことはない。獅子文六や石坂洋次郎などの新聞連載物は、熱中して読んだものだ。私が若かったせいもあろうが、面白さもすばらしかった。

と考えてきて、気づいた。風俗をからませた作品となると、大先輩の作家や、年齢的には下でもすでに活躍中の作家には、たちうち不可能である。見おとりするにきまっている。べつな道をたどったほうが賢明だ。無意識のうちに、そんなことを考えたのだろう。これはかなり大きな原因のようだ。自分でも、なっとくする。

また、私が作家になったのと、宇宙時代の幕あけとが、ほとんど同時だった。ソ連の初の人工衛星は、人びと、とくに日本人にとって、まさに予想もしなかった出来事だった。

テレビも普及しはじめていたし、小型ラジオも出現した。オートメなる言葉も使われはじめた。つまり、私の書くもの自体が、別な意味での、風俗小説となっていた。

そこへ、旧来の風俗小説的な手法を加えると、仕上りがすっきりしない。そのあたりの感触は、それまでの読書歴によって、なんとなくわかっていた。たとえば、他星からの来訪者と、流行語をまじえての会話は、おかしいのではないか。発想の貧困をごまかすのなら、ともかく。

そのうち、それになれてきた。前例がないので、けなされることもなく、好きなようにやれ、それになれてきた。なにごとも、考えてみるものだね。私の作風の成立事情が、いくらか解明できた。これ以上の星新一論は、ないのではないか。

すなわち、私そのものが、ひとつの時代、ひとつの風俗の産物なのである。私の短い作品を読み「これぐらい、自分にも書ける」と思った人は多いだろう。私も、いずれは亜流が続出し、あるいは追い抜かれるかと心配したこともある。しかし、そうならなかった。時代のちがいのせいである。

さっき名をあげたが、太宰治。私も二十代の前半には、まさに熱狂的に読んだ。その魅力の第一は、自分にも書けそうだとの印象を与える点である。そう感じた人は、多いのではないか。しかし、いまに至るも、似た作品はひとつも出現していない。

それには、それなりの理由があるのだろう。私も説明しにくい。太宰をうみ出した、あの時代のムードをじかに知ることができないからだ。風俗小説は書かなかったが、彼そのものが風俗だったような気がする。

モーツァルトの曲は、いまも愛されているが、あの時代でなければ出現しなかっただろう。

まだ、なにやら書きつづけてもいいのだが、自作を語らせられることは、これからもあるだろう。そのために、あとは残しておく。

昭和六十一年十一月

この作品集は昭和四十六年九月講談社より
刊行され、その後講談社文庫に収められた。

星新一著
ボッコちゃん
ユニークな発想、スマートなユーモア、シャープな諷刺にあふれる小宇宙！ 日本SFのパイオニアの自選ショート・ショート50編。

星新一著
ようこそ地球さん
人類の未来に待ちぶせる悲喜劇を、卓抜な着想で描いたショート・ショート42編。現代メカニズムの清涼剤ともいうべき大人の寓話。

星新一著
気まぐれ指数
ビックリ箱作りのアイディアマン、黒田一郎の企てた奇想天外な完全犯罪とは？ 傑出したギャグと警句をもりこんだ長編コメディー

星新一著
ほら男爵現代の冒険
〝ほら男爵〟の異名を祖先にもつミュンヒハウゼン男爵の冒険。懐かしい童話の世界に、現代人の夢と願望を託した楽しい現代の寓話。

星新一著
ボンボンと悪夢
ふしぎな魔力をもった椅子……。平和な地球に出現した黄金色の物体……。宇宙に、未来に、現代に描かれるショート・ショート36編

星新一著
悪魔のいる天国
ふとした気まぐれで人間を残酷な運命に突きおとす〝悪魔〟の存在を、卓抜なアイディアと透明な文体で描き出すショート・ショート集

星新一著　ひとにぎりの未来

脳波を調べ、食べたい料理を作る自動調理機、眠っている間に会社に着く人間用コンテナなど、未来社会をのぞくショート・ショート集。

星新一著　だれかさんの悪夢

ああもしたい、こうもしたい。はてしなく広がる人間の夢だが……。欲望多き人間たちをユーモラスに描く傑作ショート・ショート集。

星新一著　未来いそっぷ

時代が変れば、話も変る！　語りつがれてきた寓話も、星新一の手にかかるとこんなお話に……。楽しい笑いで別世界へ案内する33編。

星新一著　さまざまな迷路

迷路のように入り組んだ人間生活のさまざまな世界を32のチャンネルに写し出し、文明社会を痛撃する傑作ショート・ショート。

星新一著　かぼちゃの馬車

めまぐるしく移り変る現代社会の裏の裏のからくりを、寓話の世界に仮託して、鋭い風刺と溢れるユーモアで描くショートショート。

星新一著　できそこない博物館

未公開だった創作メモ155編を公開し発想の苦悩や小説作法を明かす。神様の頭の中が垣間見られる、とっておきのエッセイ集。

星新一著

エヌ氏の遊園地

卓抜なアイデアと奇想天外なユーモアで、夢想と現実の交錯する超現実の不思議な世界にあなたを招待する31編のショートショート。

星新一著

盗賊会社

表題作をはじめ、斬新かつ奇抜なアイデアで現代管理社会を鋭く、しかもユーモラスに風刺する36編のショートショートを収録する。

星新一著

ノックの音が

サスペンスからコメディーまで、「ノックの音」から始まる様々な事件。意外性あふれるアイデアで描くショートショート15編を収録

星新一著

夜のかくれんぼ

信じられないほど、異常な事が次から次へと起こるこの世の中。ひと足さきに奇妙な体験をしてみませんか。ショートショート28編。

星新一著

おみそれ社会

二号は一見本妻風、模範警官がギャング……。ひと皮むくと、なにがでてくるかわからない複雑な現代社会を鋭く描く表題作など全11編。

星新一著

たくさんのタブー

幽霊にささやかれ自分が自分でなくなってあの世とこの世がつながった。日常生活の背後にひそむ異次元に誘うショートショート20編。

星新一著

どこかの事件

他人に信じてもらえない不思議な事件はいつもどこかで起きている——日常を超えた非現実的現実世界を描いたショートショート21編。

星新一著

安全のカード

青年が買ったのは、なんと絶対的な安全を保障するという不思議なカードだった……。悪夢とロマンの交錯する16のショートショート。

星新一著

ご依頼の件

だれか殺したい人はいませんか？　ご依頼はこの本が引き受けます。心にひそむ願望をユーモアと諷刺で描くショートショート40編。

星新一著

ありふれた手法

かくされた能力を引き出すための計画。それはよくある、ありふれたものだったが……。ユニークな発想が縦横無尽にかけめぐる30編。

星新一著

凶夢など30

昼間出会った新婚夫婦が殺しあう夢を見た老人。そして一年後、老人はまた同じ夢を……。夢想と幻想の交錯する、夢のプリズム30編。

星新一著

どんぐり民話館

民話、神話、SF、ミステリー等の語り口で、さまざまな人生の喜怒哀楽をみせてくれる31編。ショートショート1001編記念の作品集。

新潮文庫最新刊

道尾秀介著

雷神

娘を守るため、幸人は凄惨な記憶を封印した故郷を訪れる。母の死、村の毒殺事件、父への疑惑。最終行まで驚愕させる神業ミステリ。

道尾秀介著

風神の手

遺影専門の写真館・鏡影館。母の撮影で訪れた歩実だが、母は一枚の写真に心を乱し……。幾多の嘘が奇跡に変わる超絶技巧ミステリ。

寺地はるな著

希望のゆくえ

突然失踪した弟、希望（のぞむ）。誰からも愛されていた彼には、隠された顔があった。自らの傷に戸惑う大人へ、優しくエールをおくる物語。

長江俊和著

出版禁止 ろろるの村滞在記

奈良県の廃村で起きた凄惨な未解決事件……。遺体は切断され木に打ち付けられていた。謎の手記が明かす、エグすぎる仕掛けとは！

花房観音著

果ての海

階段の下で息絶えた男。愛人だった女は、整形し、別人になって北陸へ逃げた――。「逃げる女」の生き様を描き切る傑作サスペンス！

松嶋智左著

巡査たちに敬礼を

現場で働く制服警官たちのリアルな苦悩と逆境からの成長、希望がここにある。6編からなる人間味に溢れた連作警察ミステリー。

なりそこない王子

新潮文庫　ほ-4-37

昭和六十一年二月二十五日　発行
平成二十五年七月二十五日　二十五刷改版
令和六年三月十五日　三十刷

著者　星新一

発行者　佐藤隆信
発行所　株式会社新潮社
郵便番号　一六二―八七一一
東京都新宿区矢来町七一
電話　編集部(〇三)三二六六―五四四〇
読者係(〇三)三二六六―五一一一
https://www.shinchosha.co.jp

価格はカバーに表示してあります。

乱丁・落丁本は、ご面倒ですが小社読者係宛ご送付ください。送料小社負担にてお取替えいたします。

印刷・株式会社光邦　製本・株式会社大進堂

ISBN978-4-10-109837-1 C0193